LA DOUBLE VIE DE DINA MILLER

ZOE BRISBY

LA DOUBLE VIE DE DINA MILLER

roman

ALBIN MICHEL

À mon fils,
Tu n'étais pas encore né
et pourtant tu étais déjà si présent.

Fly me to the moon,
Let me play among the stars…

« Il est temps que cette nation prenne clairement la tête de la conquête de l'espace. »

Discours du président Kennedy
au Congrès le 25 mai 1961

1

Un si bon père de famille

Bariloche, Argentine, 14 octobre 1960

Il l'attend derrière la porte.

Il est temps d'y aller.

Dina essuie une perle de transpiration sur sa lèvre supérieure. L'air est chaud et humide. Elle examine son reflet dans le miroir. À chaque fois, c'est la même tension qui s'infiltre dans tout son corps. Ses muscles se tendent, prêts à bondir, griffer, mordre. Faire mal.

Elle ajuste la nuisette en satin qui souligne ses courbes gracieuses. Le miroir lui renvoie une image flatteuse. Mais tout n'est qu'image.

Elle l'entend respirer bruyamment sans savoir s'il faut attribuer cela à l'excitation ou à la chaleur.

Elle inspire profondément et, comme avant tout passage à l'acte, se récite lentement la litanie de prénoms qui ne la quittent jamais. *Hannah, David, Esther, Ismaël, Saul…* Au fur et à mesure qu'elle les égrène, Dina sent toute la colère remonter à la surface. Ses mains cessent de trembler. Son cerveau se remplit de haine. Justice, voilà ce qu'elle réclame.

Elle ouvre la porte d'un geste lent et maîtrisé. Comme attendu, il est là, à la dévorer du regard. Elle déteste se sentir comme une proie sur laquelle il est prêt à s'élancer. C'est pourquoi elle reprend rapidement le contrôle. Les prénoms sont toujours dans son esprit.

Elle affiche un sourire mystérieux et avance vers le lit d'une démarche féline. Il est allongé, dévêtu. Un duvet blond recouvre son torse encore musclé malgré les années.

La démarche langoureuse fait effet, il est au bord de l'implosion. Il esquisse un geste pour se redresser et l'attraper mais il est entravé par une écharpe de soie bleue enroulée à la tête de lit. Dina sait nouer des liens serrés. Il se débat comme pour montrer que c'est lui, l'homme de la situation. Lui qui dirige. Un seul regard de Dina suffit à le calmer et lui montrer qui mène les opérations dans cette chambre.

Il reste allongé et la regarde faire lentement glisser une des bretelles de sa nuisette. Elle dévoile une épaule ronde à la peau lisse. Il s'éponge le front contre son bras.

Dina ne le quitte pas des yeux. Quand elle voit ces hommes aussi dociles, elle a du mal à les imaginer dans l'exercice de leurs fonctions. Les dominants dominés. Elle se demande toujours comment deux personnalités si différentes peuvent habiter le même corps.

D'une main agile, elle abaisse la deuxième bretelle. La nuisette vient s'échouer au sol dans un bruissement aussi sensuel que léger. La respiration de l'homme est de plus en plus saccadée.

Lentement, elle monte sur le lit et le rejoint. Elle l'enjambe et le coince entre ses cuisses toniques. Il est son prisonnier. Il ignore à quel point…

Dina oscille entre dégoût et jubilation. Avoir les pleins pouvoirs sur un homme tel que lui ne peut laisser indifférente. Il est toujours étrange de découvrir l'homme derrière le monstre. L'enfant qu'il a été il y a longtemps. Y a-t-il eu de l'innocence, un jour, dans ce regard ? Un petit garçon qui s'écorche le genou en faisant du vélo et réclame un câlin à sa maman…

Les gestes de Dina sont répétés, soignés, chorégraphiés. Et toujours les mêmes prénoms qui reviennent dans sa tête pour lui donner le courage d'aller jusqu'au bout.

Ne jamais baisser sa garde, ne jamais se croire maîtresse de la situation. Une longue cicatrice dans son dos lui rappelle cette réalité.

Il l'observe, impatient, n'attendant qu'un mot d'elle. Dina se penche sur lui, sa poitrine caressant le torse blond. Elle incline la tête vers son cou comme pour lui susurrer des mots doux. Ses lèvres frôlent les oreilles de l'homme et elle peut sentir le frisson qui le parcourt.

Tout en l'occupant ainsi, sa main cherche l'objet qu'elle a caché entre les lattes du sommier. Elle prépare toujours très soigneusement ses actions. La chambre est louée depuis la veille. Les accessoires prêts à servir.

Ses doigts courent le long des draps. Elle a un moment d'angoisse quand elle ne perçoit que du vide. La femme de ménage est-elle passée ? A-t-elle retiré l'objet ? Dina se rassure en sentant le métal froid. Un peu de fraîcheur dans cette chambre étouffante.

C'est maintenant. *Hannah, David, Esther, Ismaël, Saul…* Les prénoms prennent toute la place dans l'esprit vengeur de Dina. Elle a l'impression que sa tête va exploser. Finalement, comme à chaque fois, un calme aussi bienvenu que meurtrier s'empare d'elle.

Elle chuchote aux oreilles de l'homme en transe. « *Auf Wiedersehen*, commandant Weigner. » Elle leur laisse toujours quelques secondes pour réaliser. Ils se demandent s'ils ont bien entendu. Se remémorent leur vie d'avant. Celle en costume kaki, brassard rouge à croix gammée et bottes vernies.

Puis, vient l'instant qu'elle préfère, celui où ils comprennent. Quelques secondes suffisent. Un instant pour se rappeler qu'ils ne sont pas ces gentils citoyens modèles qu'ils pensent être devenus mais des bêtes sanguinaires, des barbares, des criminels de guerre.

Leurs regards se croisent et c'est ce moment que Dina choisit pour agir. Elle sort l'arme et la plaque contre la tempe de l'homme. Elle fait attention à choisir le côté gauche car le commandant Weigner est gaucher. Il faut que ce soit crédible.

Un motel sordide, une balle dans la tête, une lettre d'adieu. Un schéma qui a fait ses preuves. Trop de honte pour que la famille cherche plus loin. On ferme le cercueil vite fait bien fait, on élude les questions et on passe rapidement à l'éloge de ce grand homme et si bon père de famille.

Un seul coup suffit. À ses débuts, elle vidait le chargeur en entier. La rage l'empêchait de voir clair. Maintenant, une balle et la mission est remplie.

Dina regarde la vie quitter le monstre. Elle veut que son visage soit le dernier qu'il voie. *Hannah, David, Esther, Ismaël, Saul…*

Elle laisse l'arme à côté du corps. Un petit pistolet pour accomplir de grandes choses. Elle se dégage et se rhabille. Elle attrape son sac à main jaune pâle pour chercher son rouge à lèvres. Enfin, elle se recoiffe dans le miroir juste avant de fermer la porte. Ses talons résonnent dans le couloir.

Dehors, le soleil brille. Elle porte sa main en visière et sort une paire de lunettes noires.

Qui pourrait croire en voyant devant l'hôtel cette jeune femme au physique aussi gracile qu'élégant, vêtue d'une jolie robe rose poudré, qu'elle vient de tuer l'un des plus grands criminels nazis ?

Arrivée à sa voiture, elle attrape un calepin à spirale dans lequel est glissé un stylo. Elle l'ouvre, révélant plusieurs pages noircies d'une liste de noms. Tous sont rayés. À l'exception du dernier. Les lettres noires et rondes semblent la provoquer. Elle prend un grand plaisir à barrer celui de Mike Sanders, alias commandant Weigner.

Dina sourit. Elle est prête pour sa prochaine mission.

2

Un vrai tyran

Huntsville, Alabama, 20 avril 1961

Au volant de son pick-up Chevrolet Apache d'occasion blanc et turquoise, Dina découvre les rues de Huntsville. Il fait anormalement chaud alors que l'été n'a pourtant pas encore débuté.

Elle laisse pendre son bras par la fenêtre et sent le contact froid de la carrosserie sur sa peau. Les devantures colorées des magasins s'alignent soigneusement. La ville a connu une croissance économique importante ces dernières années et de nombreux habitants sont venus profiter de cette activité florissante.

On déambule en famille en cet après-midi. On prépare le week-end, on envisage un pique-nique, on essaie de beaux vêtements en prévision d'un barbecue entre amis.

Les mères tiennent leurs enfants par la main. Les jeunes filles se recoiffent dans le reflet des vitrines et gloussent un peu trop fort quand une bande de garçons, chemises retroussées sur des avant-bras frêles, passent en gonflant les muscles.

Les hommes portent des chapeaux qu'ils soulèvent lorsqu'ils rencontrent une connaissance. Il fait bon vivre à Huntsville qui a gardé une âme de village malgré son formidable essor.

Mais Dina n'a que peu d'intérêt pour ce qui sera son nouvel environnement. Elle roule sur l'asphalte en train de fondre, victime silencieuse d'un soleil brûlant. Le volant est chaud et elle se félicite de porter des gants en dentelle blancs.

Son itinéraire est gravé dans son esprit. Elle aime être préparée avant chaque mission et sait exactement où elle doit se rendre. Rocket District. C'est le nom donné au quartier qui abrite les familles de la glorieuse équipe scientifique qui travaille sur les projets qui permettront aux États-Unis de remporter la guerre contre la terrible URSS pour la conquête spatiale.

Rocket District est le quartier le plus huppé de la ville. On peut y admirer de belles maisons au gazon parfaitement tondu, d'un vert tendre malgré les chaleurs de cet été précoce. Les habitations se font face, aucun besoin de barrière ou de portail, ici on est entre nous. On se fait confiance. On est entre gens bien.

L'intelligentsia spatiale se donne rendez-vous ici depuis que la toute jeune NASA, créée il y a un peu plus de deux ans, y a installé le Centre de vol spatial Marshall dirigé par le célèbre Wernher von Braun.

Dans tout Rocket District, l'homme est une légende, un dieu vivant pour ceux qui espèrent un jour s'envoler dans l'espace. Grâce aux missiles balistiques que cet esprit brillant a donnés au pays, les Américains pourront peut-être un jour voir la bannière étoilée flotter sur la Lune.

Comme toutes les légendes, l'homme se fait rare. On prononce son nom dans les couloirs du Centre et on espère pouvoir un jour lui adresser la parole ou, encore mieux, lui présenter une découverte. Parler à Wernher von Braun, c'est avoir un pied sur la Lune et l'autre à Washington.

Main Street, la rue principale, divise le quartier en deux. C'est autour de cette allée que s'articule la vie sociale. Les commerces, les cafés, les restaurants, ici tout tourne autour de la conquête spatiale. Des petites fusées sont brodées sur les devantures, des représentations de ciel étoilé ou de planètes ornent les vitrines. De la libraire au boucher, tous affichent la fierté d'œuvrer pour une grande cause, c'est ça le *rocket spirit*.

Dina prend le temps d'observer autour d'elle. Son pick-up cahote un peu mais elle parvient à maîtriser ses soubresauts. Elle regarde les passants, hume l'air postméridien. Elle doit comprendre ce qui fait le caractère de ce quartier pour parvenir à s'y intégrer.

Contrairement à son habitude, Peter ne lui a fourni que peu d'informations quant à sa mission. Son chef de groupe, déjà peu loquace à l'ordinaire, ne lui a communiqué que le strict nécessaire. Dina se demande s'il se passe quelque chose au Bureau. Sont-ils sous la menace d'une alerte ? Doit-elle s'inquiéter ?

Elle s'éponge le front. Sa dernière mission fut un succès mais y aurait-il eu des répercussions inattendues ? Elle fait la moue. Peter n'est pas du genre à faire dans les sentiments, si quelque chose n'allait pas, il le lui aurait dit franchement. Elle apprécie cette qualité chez lui, il parle sans ambages et ne s'encombre pas d'une sensiblerie inutile.

La relation entre Dina et Peter a toujours été ambiguë, teintée d'un mélange de respect et de méfiance. Elle sait qu'il estime son travail, toujours net et sans bavure, mais il ne s'est jamais embarrassé d'un mot de félicitations.

Durant l'entraînement de la jeune Dina, là-bas en Israël, il s'est montré inflexible. Hommes et femmes étaient traités de la même façon. Les exercices de résistance psychologique et physique étaient identiques. Et Peter, aussi stoïque qu'un roc. Rien ne pouvait le toucher, rien ne pouvait l'émouvoir. Une pierre à la place du cœur, disait-on. C'est ce qui le rend aussi efficace.

Dina gare le pick-up devant un café-restaurant à la façade vert amande. Avery's Diner. Une petite pancarte, collée sur la porte, indique qu'on cherche une serveuse. La chance est avec elle !

La jeune femme vérifie son apparence dans le miroir du rétroviseur. Elle retouche son rouge à lèvres d'un carmin foncé. Depuis Marilyn Monroe, la mode est aux bouches pulpeuses. On l'applique en débordant un peu sur le contour pour agrandir sa bouche. Une petite ruse que se partagent toutes les femmes du monde.

Malgré ses vingt-cinq ans, Dina a l'air d'une adolescente. Son teint est frais et rosé, ses cheveux, légèrement crêpés sur le sommet grâce à la nouvelle laque Elnett, sont retenus par un bandeau bleu marine assorti à son pantalon.

Elle sait que son physique est une force. Personne ne se méfie d'une adolescente…

Lorsqu'elle pénètre dans le *diner*, Dina est accueillie par un carillon et une agréable odeur de café. Le comptoir orange est surmonté de plusieurs vitrines exposant gâteaux, tartes et muffins. Des distributeurs de serviettes en papier reflètent les rayons du soleil de leur éclat métallique. Quelques salières et poivrières viennent ponctuer cet assortiment.

Une rangée de poufs, orange eux aussi, s'alignent en attendant le client. Près de la vitre, plusieurs tables et banquettes offrent du réconfort aux promeneurs. Dans le fond, un juke-box diffuse « My Home Town » de Paul Anka.

Immédiatement, Dina aime l'endroit. C'est chaleureux et sans prétention. Une serveuse entre deux âges s'active plus loin. Vêtue d'un uniforme aussi orange que le reste du restaurant, elle ressert du café, donne du sucre et prend les commandes. C'est l'heure du goûter et tout le monde sait qu'une séance de shopping ouvre l'appétit.

Dina doit l'interrompre.

– Je souhaiterais voir le patron.

– C'est pour quoi, mon petit ?

– Je voudrais postuler.

– C'est pas trop tôt ! Depuis le temps que j'attends une deuxième serveuse.

Dina rit. Elle apprécie le ton un peu rugueux. C'est une femme forte à la charpente solide. On la verrait sans mal empiler une douzaine d'assiettes sans se plaindre.

– Il est là ?

– Qui ?

Dina a un mouvement de tête vers la pancarte « Avery's Diner ».

– Avery, le gérant.

La serveuse se penche vers Dina et lui chuchote :

– Je vous préviens, il n'est vraiment pas commode.

Dina hausse les épaules.

– J'en fais mon affaire.

– C'est un vrai tyran. Un type horrible. Un esclavagiste...

La tirade est interrompue par un géant noir qui sort des cuisines en s'essuyant les mains sur un torchon. Véritable armoire à glace, sa peau mate tranche avec son tablier d'un blanc éclatant.

– Ne me dis pas que tu vas refaire le coup ? intervient-il avec un regard moqueur en direction de la serveuse.

– Si on ne peut plus rigoler !

Le géant se tourne vers Dina.

– Je suis Tyler et cette grande comique devant vous, c'est Avery.

Dina ouvre de grands yeux tandis que la serveuse exécute une sorte de révérence.

– Pour vous servir.

– Je suis désolée, je pensais qu'Avery était un homme.

– Mon père voulait un garçon..., répond la femme en reprenant son sérieux. Bon alors, vous voulez le poste ?

– Oui.

– Vous avez de l'expérience ?

Dina y a réfléchi avant de passer les portes du *diner*. Devait-elle mentir ? Quand on sait se battre, étrangler à mains nues, ficeler, ligoter, torturer, il n'y a plus grand-chose pour vous effrayer. Apprendre le métier de serveuse est dans ses cordes, évidemment. Au Bureau, on lui a enseigné à se fondre rapidement dans un univers, à s'adapter à toutes les situations.

Ce café doit être le centre névralgique de Rocket District, les scientifiques et leurs épouses doivent s'y retrouver pour savourer un brunch le dimanche ou boire un verre après le travail. C'est l'endroit parfait pour glaner des informations.

– Non, répond-elle finalement.

Avery éclate de rire et lui administre une claque dans le dos.

– J'aime cette franchise. On va bien s'entendre.

Elle se penche derrière le comptoir et attrape un uniforme orange fraîchement repassé.

– Parfait, vous commencez demain.

3

Le groupe le plus dangereux

21 avril 1961

Dina a emménagé dans une jolie petite maison aux volets bleu marine. Comme toutes celles du lotissement, elle porte le logo bleu, blanc et rouge de la NASA représentant une orbite.

Peter a pensé à tout. Il lui a loué une habitation déjà meublée. Dina n'a qu'à y poser ses valises. Avec un peu de chance, elle n'aura pas à rester longtemps dans les parages.

Une ribambelle de voisines est déjà venue lui souhaiter la bienvenue, offrant paniers de muffins, pancakes et autres confitures maison déclinés autour de la mûre, fruit symbole de la région. En Alabama, on sait souhaiter la bienvenue.

Sous ces airs cordiaux, se cache la curiosité typique des femmes au foyer face à une nouvelle venue. Ainsi donc, Dina a été sous le feu d'une série de questions permettant aux voisines de juger de l'intérêt et de la rivalité potentielle de la nouvelle.

Dina n'est pas dupe et a préparé ses réponses. Elle est une jeune veuve. Personne ne peut ouvertement critiquer une veuve. Elle emménage dans le quartier afin de s'offrir un nouveau départ. Modeste, elle va devoir travailler pour assurer son quotidien.

Les femmes hochent la tête et assurent de leur soutien tout en se félicitant que la dernière arrivée ne soit pas une rivale. Une femme qui travaille ! Pas même un mari ou des enfants pour qui ranger la maison. Décidément, la pauvre fille est bien à plaindre.

Mais toutes gardent à l'esprit qu'une veuve reste une célibataire. Elles font la moue devant son doux visage encore plein d'une rondeur juvénile, ses hanches fines qui n'ont laissé passer aucun enfant, ses bras toniques et musclés. On la plaint mais on s'en méfie. Le ton est donné, le panier de viennoiseries offert, chacune peut repartir chez elle.

Une fois ce rite de passage effectué, Dina s'accorde un moment avant de prendre son nouveau poste au *diner*. Elle verrouille sa porte et s'installe confortablement dans le canapé. Elle sort de sous l'assise une enveloppe en kraft brun.

Elle étale sur la table basse les photos et instructions qu'elle contient. Les clichés montrent des personnes squelettiques aux os apparents entassées les unes sur les autres dans un charnier. Certaines semblent encore vivantes au moment où on leur jette de la chaux dessus.

Sur un autre, Dina observe un homme en blouse blanche, une seringue à la main, face à des malades décharnés. Il sourit, fier de son labeur.

La jeune femme est frappée par l'air serein du médecin. L'attitude de celui qui se sait dans son bon droit.

Toutes les photos sont dans le même esprit. La blouse blanche, des essais sur des cobayes humains, des femmes, des enfants, et l'homme qui sourit.

Suit une succession de témoignages de survivants. Dina a l'habitude mais ne peut s'empêcher de frissonner malgré la chaleur de cette matinée.

Puis, une photo plus récente d'un homme aux cheveux gris, les yeux cerclés de lunettes, une blouse blanche ornée du logo de la NASA. Le même sourire avec quelques années de plus. Sur la dernière, le docteur en smoking lors d'une réception, cocktail à la main, devant la bannière du centre spatial.

Enfin, l'ordre de mission rédigé par Peter. Confirmer l'identité du médecin. Derrière Oscar Stanford se cacherait Otto van Maiden, le «Chirurgien de Buchenwald». Organiser son transfert en Israël afin qu'il soit jugé en tant que criminel de guerre.

La jeune agente préfère quand on lui ordonne de supprimer la cible. Tout est plus simple. Elle s'estime plus utile et il y a beaucoup moins de contraintes logistiques. Mais la capture d'Eichmann, l'année dernière, a marqué les esprits. Il faut continuer la lutte. Témoigner pour ne pas oublier. Juger plutôt qu'éliminer.

À l'examen du dossier, Dina sent que quelque chose cloche. Le ton est froid et direct, comme d'habitude, mais elle ne peut se départir d'un sentiment étrange. Ce cas est différent de ceux qu'elle a pu traiter auparavant. Tout d'abord, elle n'a jamais opéré aux États-Unis, toujours à l'étranger, principalement en Amérique du Sud qui offre un parfait refuge pour nazis en fuite.

Elle a du mal à croire que le pays de la liberté puisse accueillir en son sein un tel homme et encore moins l'accepter dans le cercle très fermé des scientifiques travaillant pour l'agence spatiale.

Dina passe une main sur son visage pour se ramener au présent. Elle replace les documents dans l'enveloppe et la cache sous le coussin du canapé. Elle vérifie son apparence dans le miroir de l'entrée, recoiffe une mèche rebelle, pince ses joues pour leur donner du rebond. Son uniforme orange ne lui va pas si mal après tout.

À bord de son pick-up, elle file jusqu'à Main Street, où elle se gare. Elle sourit en entendant le carillon l'accueillir en franchissant la porte.

Le juke-box passe « It's Now or Never » d'Elvis Presley. Avery est déjà à la manœuvre, en train de lustrer le comptoir à l'aide d'un chiffon. Elle discute avec Tyler qui lui répond depuis la cuisine.

– Pile à l'heure ! note la patronne après un coup d'œil à la pendule murale.

– J'en connais une à qui l'uniforme va bien, complimente Tyler.

Le début de matinée passe rapidement. Dina apprend les rudiments de son nouveau métier sous les conseils patients d'Avery qui n'arrête pas de se chamailler avec Tyler. Le géant noir et la patronne semblent se connaître depuis des années, liés par une complicité sincère.

Une fois passé le coup de feu du petit déjeuner, Dina s'autorise à s'asseoir. Elle semble avoir fait ses preuves et mérite désormais le surnom affectueux de « Petite ».

Tyler lui verse un café fumant.

– Ce sera retenu sur ton salaire, plaisante Avery.

– Ne l'écoute pas, il faut toujours qu'elle fasse la méchante. Mais, il y a quelque chose de bon dans cette sale bête…

Tyler ajoute une assiette contenant des œufs brouillés, un toast et une saucisse, le tout arrosé de ketchup.

– Goûte, Petite. Tu m'en diras des nouvelles.

Avery hoche la tête.

– Tyler est le meilleur cuistot de tout Huntsville. Tu ne trouveras pas d'œufs brouillés aussi savoureux dans tout Rocket District.

Elle donne une tape sur l'imposant biceps du cuisinier.

– Un jour, ils vont nous l'envoyer dans l'espace pour préparer les repas de nos astronautes…

Dina ne s'en était pas aperçue mais elle est affamée. Elle enfourne une cuillerée et le bonheur se lit sur son visage.

Tyler sourit fièrement. Dina termine son assiette et constate :

– C'est inhabituel de voir un homme de couleur travailler dans un restaurant pour Blancs.

Avery fronce les sourcils.

– Ça a été toute une histoire, crois-moi, Petite. Mais je ne suis pas du genre à m'en laisser conter.

– Ah ça, non, renchérit Tyler.

– De toute façon, tous les scientifiques qui habitent Rocket District ont un employé noir à la maison, alors qu'est-ce que ça pouvait bien faire que Tyler travaille ici ?

– Dans les autres restaurants, les salariés noirs officient à l'arrière…, explique Dina.

– Mon Tyler est le meilleur et il mérite que son travail soit reconnu. S'ils veulent se priver de son talent, ils sont libres d'aller dans un autre *diner*.

Dina lui fait un clin d'œil après avoir vidé son assiette.

– Ils auraient bien tort !

Avery lui donne un coup de torchon et retire toute trace de ce petit déjeuner improvisé. Le comptoir est à nouveau lustré et orange.

– Assez discuté. Elles vont arriver.

– Qui ?

Le cuistot et la patronne échangent un regard mystérieux avant qu'Avery explique :

– Tu vas maintenant faire la connaissance du groupe le plus respecté et le plus dangereux de tout Rocket District.

L'instinct de Dina est en éveil. Depuis le début de la matinée, elle n'a pas appris grand-chose d'intéressant pour son enquête. Mais c'est sur le point de changer.

Avery jette un œil à la pendule.

– C'est l'heure.

– De qui parles-tu ?

– Des Bomb Wives.

4

Ma pauvre…

Au même instant, le carillon retentit pour laisser entrer un groupe de femmes. Elles sentent le parfum de luxe et le pouvoir. La première dirige la troupe. Elle est vêtue d'un ensemble veste-jupe jaune paille. Ses cheveux blonds coiffés en un carré gonflant sont surmontés d'un chapeau calot de la même couleur.

Les femmes sont justement en train de la féliciter sur son apparence quand elles font leur apparition.

– Ce jaune est particulièrement moderne, félicite l'une.

– On dirait Jackie Kennedy, constate une autre.

La meneuse affiche un sourire hautain.

– J'avais cet ensemble bien avant elle…

Le groupe s'installe sur une des banquettes et poursuit sa discussion.

Avery donne un coup de coude à Dina.

– Si tu veux mon avis, ce sont elles les plus puissantes de tout Rocket District. Elles font la pluie et le beau temps.

– Qui sont-elles ?

– Les femmes des scientifiques qui travaillent sur le programme spatial. Leurs maris sont les hommes les plus importants dans la conquête de l'espace. On les surnomme Bomb Wives en raison des explosions que l'on entend lors du lancement des fusées. Personne, hormis les chercheurs, ne peut accéder au centre de tests mais on entend les vrombissements et on sent les odeurs des résidus d'ici.

Tyler pointe un doigt discret vers la meneuse.

– C'est Mandy Taylor, la femme du chef des ingénieurs.

– Une vraie garce, complète Avery.

Elle pousse la jeune recrue.

– Va prendre leur commande, ça me fera des vacances.

Dina sent une excitation familière l'envahir. Chaque début de traque est différent et elle sait que la sienne commence maintenant. Derrière tout scientifique, il y a une femme. Le meilleur moyen d'approcher sa cible est de devenir proche de son épouse.

Elle plaque sur son visage un sourire neutre et s'avance vers le groupe. Parmi elles, Dina en reconnaît plusieurs, venues le matin même lui souhaiter la bienvenue. Mandy n'en faisait pas partie. Sûrement se sent-elle au-dessus de ces contingences policées.

La chef est justement en train de parler de son mari :

– Je disais à John que Wernher devrait voir plus grand.

Nul besoin de préciser de quel Wernher elle parle, toutes savent qu'il s'agit du grand Von Braun. Le fait que Mandy se contente d'un prénom suffit à justifier son grade élevé dans la hiérarchie des épouses.

– Envoyer des animaux dans l'espace, c'est bien, mais des humains ce serait quand même mieux, continue-t-elle.

– Les Soviétiques viennent de réussir avec Youri Gagarine, tente d'intervenir l'une des femmes.

Mandy lui décoche un regard mauvais.

– Je le sais, Cherry ! Ce n'est pas la peine de leur accorder plus de crédit que cela. Combien de chiens, de rats, de mouches et autres bêtes ridicules avaient-ils envoyés avant cet homme ?

– Mais, nous faisons la même chose. Nous aussi nous envoyons des animaux en orbite. Mon mari m'a parlé des saïmiris…

– C'est si mignon ces petits singes, interrompt une autre. J'ai pu aller les caresser dans leurs cages.

Mandy lève les yeux au ciel pour exprimer son exaspération.

– Vous faites preuve d'une sensiblerie bien trop féminine. John et Wernher sont au-dessus de ces bêtises, heureusement.

Le coup porté est un peu dur et elle sait qu'il faut souffler le chaud et le froid pour maintenir sa domination, alors elle essaie de calmer le jeu par une boutade :

– La prochaine fois, peut-être enverront-ils dans l'espace les cakes aux olives de Cherry ! Au moins, nous ne serons pas obligés de les manger au prochain barbecue !

Le groupe éclate de rire. Ah, cette Mandy, c'est vraiment la meilleure.

Dina se racle la gorge.

– Mesdames, que puis-je vous servir ?

Toutes attendent que la commandante prenne la parole. Mandy scrute Dina de haut en bas. Rien n'échappe à son regard acéré. Les yeux en amande, les cheveux noirs et bouclés, le petit nez, les lèvres pleines de la serveuse lui déplaisent autant que son air moqueur. Personne n'a le droit de la regarder avec un sourire narquois.

– Je suppose que vous êtes la nouvelle. Celle qui vient d'emménager.

– Absolument, à ce propos, j'en profite pour remercier celles qui sont venues me souhaiter la bienvenue ce matin. C'était si gentil de leur part…

La pique n'échappe bien évidemment pas à Mandy.

– En effet, en tant que chef du Cercle des affaires féminines de Rocket District, j'ai chargé quelques-unes de nos représentantes de venir vous voir. Je suis heureuse que vous appréciiez mon initiative.

Elle gratifie son groupe d'un geste ample.

– Nous formons une communauté très soudée.

Et, pour bien lui montrer qu'elle n'en fait pas partie :

– Vous venez de l'étranger ? Il me semble détecter un accent.

L'adversaire est coriace. Il faut une ouïe particulièrement fine pour détecter la très légère intonation de Dina. C'est une chose sur laquelle on n'a pas lésiné lors de son entraînement.

– Je reviens d'Argentine où mon mari travaillait.

– Elle est veuve, croit utile d'ajouter à voix basse une des femmes.

Mandy affiche un air faussement consterné.

– Je ne sais pas comment vous faites. Jamais je ne pourrais vivre sans mari, sans famille…

Elle lorgne l'uniforme orange.

– … en étant obligée de travailler comme serveuse pour subvenir à mes besoins. Ma pauvre.

– Ma pauvre…, reprennent les autres en chœur.

Dina se contente de sourire et de noter la commande sur son calepin avant de s'éloigner. Elle en a appris suffisamment. La meilleure approche passe par l'observation. Cette discussion lui a permis d'examiner chaque membre du clan des Bomb Wives. La manière dont elles sont placées sur la banquette et dont elles se parlent, comment elles se regardent. Mandy est clairement le chef de meute. Les autres suivent et se contentent d'acquiescer. Celles qui tentent une percée sont vite remises dans le rang.

Mais tout troupeau comporte une brebis égarée. Et c'est justement celle qui intéresse Dina. Cherry Stanford, la femme du médecin.

5

Cherry est à croquer

25 avril 1961

Dina a immédiatement reconnu Cherry. Elle se souvient de l'avoir remarquée sur la photo glissée dans l'enveloppe confiée par Peter, celle du médecin prise lors d'un cocktail. L'épouse du praticien y figurait en arrière-plan, engoncée dans une robe à froufrous rose pâle, les yeux remplis d'admiration pour son scientifique de mari qui allait mener l'homme sur la Lune. Une sorte de naïveté dans son regard avait marqué Dina.

L'agente a compris que Cherry sera sa porte d'entrée vers le bourreau des camps. Grâce à elle, elle pourra pénétrer dans l'intimité du monstre, connaître ses habitudes et organiser un plan d'exfiltration efficace. Cela risque de prendre un peu de temps mais Dina sait que la réussite de sa mission en dépend. Elle devra se lier d'amitié avec la femme pour pouvoir atteindre l'homme.

La maison de Cherry est juste en face de la sienne. Hasard de l'immobilier ou subtile préparation de Peter ?

Elles ne sont séparées que par une allée bitumée. Dina se place devant la fenêtre pour observer la façade voisine. Les maris sont partis tôt ce matin à bord de leurs Chevrolet ou de leurs Buick flambant neuves offertes par l'État en remerciement des services rendus à la nation. Les petits fanions représentant des fusées se sont agités sur leur passage. Le car scolaire est passé et les enfants sont partis pour l'école.

L'effervescence du matin s'est effacée pour laisser place à l'activité routinière des femmes du Centre. La journée, on range, on trie, on fait la poussière. On se salue d'une fenêtre à l'autre. On aime aussi jardiner. Elles se sont acheté des tenues spéciales et d'épais gants pour ne pas s'abîmer les mains. Chacune tire une grande fierté de ses massifs constitués d'Alabama Slammer, la fleur symbole de l'État. Une vivace qui déploie ses pétales orangés s'enflammant parfois d'un rouge vif aux extrémités. Dina se dit que cette fleur est la parfaite illustration des femmes de scientifiques : une douceur angélique sous laquelle couve un tempérament de feu. Du moins, en ce qui concerne Mandy.

Elle n'oublie pas, non plus, que « slammer » est un mot d'argot pour désigner la prison. Qui est emprisonné ici : les fleurs ou les épouses ? Ces maisons parfaitement entretenues, ce voisinage charmant, cette fierté patriotique ne constituent-ils pas une prison dorée dans laquelle sont enfermées les épouses, sous la contrainte constante des apparences ? De jolis canaris aux plumages bariolés que les hommes exhibent pour parader.

Les rideaux blancs de la maison d'en face sont soulevés par la brise de cette fin d'après-midi. Le temps passe vite sous le soleil de l'Alabama. Une ombre traverse furtivement la fenêtre, probablement Cherry qui s'active avant le retour de son mari.

Dina a préparé l'excuse idéale. Elle tient dans ses bras le plat dans lequel la voisine lui avait concocté des lasagnes de bienvenue. Le prétexte parfait pour une visite improvisée. Elle traverse lentement la rue et sent l'air encore chaud s'infiltrer sous sa jupe. Ses talons claquent sur le bitume. Quelques enfants, rentrés de l'école, font de la bicyclette dans l'allée. Pourtant, malgré cette agitation, Dina ne s'est jamais sentie aussi seule.

Elle est bouleversée par la banalité de cette maison typiquement américaine. Comment pourrait-elle accueillir un tortionnaire ? À quoi peut ressembler le foyer d'un monstre ? Dina ignore si elle pourrait supporter l'affligeante banalité d'un repenti. Elle n'a jamais été confrontée à ce type de situation. Elle n'est pas revenue aux États-Unis depuis son adolescence. Elle n'y a jamais opéré. Elle perd ses repères.

D'ordinaire, elle réalise ses missions à l'étranger où elle traque des hommes qui se terrent dans des recoins isolés sous de faux noms. Son mode opératoire est rodé. Elle les rencontre « fortuitement », ravissante ingénue heureuse de trouver un homme sur son chemin. Elle les séduit puis organise une rencontre dans un motel sordide. Elle sait toujours à qui elle a affaire. Se répète les prénoms des disparus pour se donner force et détermination avant de les éliminer d'une balle ou d'un coup de lame.

Elle ne les voit jamais jouer le rôle de gentil père de famille ou de mari modèle. Tuer, jamais se familiariser. Une règle simple et efficace qu'elle s'applique toujours. Mais, cette fois la traque est différente. Le travail sera long et l'ennemi redoutable.

Dina a à peine sonné et le carillon retenti que Cherry lui ouvre la porte. Ses lèvres rondes et pleines forment un « o » de surprise.

– Pardonnez-moi de passer à l'improviste, je viens simplement vous rendre votre plat.

Dina lui tend le récipient en verre. Cherry l'accepte avec un sourire.

– Est-ce que les lasagnes vous ont plu ?

– Elles étaient délicieuses ! Vous êtes un véritable cordon-bleu.

Cherry rougit, elle n'a manifestement pas l'habitude des compliments. Elle chuchote comme si elle allait révéler un terrible secret :

– Mes grands-parents étaient italiens.

D'un geste, elle l'invite à entrer.

– Vous avez soif ? Je viens de préparer du thé glacé.

Dina acquiesce et suit Cherry dans le couloir menant au salon. L'hôtesse semble gênée.

– Veuillez excuser le bazar, je n'ai pas terminé mon ménage. Comme dit Oscar, mon mari, je suis une petite fainéante qui aime bien rêvasser.

Dina regarde le living-room parfaitement en ordre. Elle trouve l'intérieur de la maison étonnamment normal. S'attendait-elle à des étendards nazis accrochés aux murs ?

Une photo de mariage est posée dans un cadre sur une petite bibliothèque remplie d'ouvrages médicaux, un canapé à motifs fleuris assorti aux coussins dans lequel le couple doit s'asseoir pour regarder *Bonanza* à la télévision, un tapis orange, une pipe dans un cendrier qui attend son propriétaire.

La normalité de ce salon fait douter Dina. Le Bureau se serait-il trompé ? L'homme sur la photo de mariage partage, certes, quelque ressemblance avec celui qui posait dans les camps de concentration mais il est difficile d'affirmer qu'il s'agit de la même personne. Rien ne ressemble plus à un scientifique qu'un autre scientifique. Le médecin tortionnaire ne peut pas revenir le soir et poser les pieds sur ce tapis moelleux après que sa femme lui a versé un verre de bourbon ! C'est inconcevable. Les victimes, les disparus ne pourraient pas supporter une telle banalité.

Cherry revient en tenant un plateau doré contenant deux grands verres pleins d'un liquide orange. Ça sent bon la pêche.

– Je fais infuser des petits morceaux pour lui donner plus de goût, confie la ménagère.

Tout en Cherry est rond. Chez elle, tout rappelle un fruit. Sa bouche framboise, son teint de pêche, ses seins mûrs comme des pommes, ses fesses rebondies comme des oranges. Décidément, Cherry est à croquer.

En parfaite femme de scientifique, elle vante les mérites de Rocket District, sa communauté, ses barbecues du dimanche pour le personnel du Centre. Elle parle avec entrain de la fierté de toutes les femmes d'avoir épousé un homme qui permettra aux États-Unis de conquérir l'espace. La lutte est acharnée car les Soviétiques ne lâchent rien mais l'Amérique vaincra, elle en est certaine.

Dina l'écoute tout en l'observant. Cherry est douce et peu sûre d'elle. Elle est drôle aussi, souvent à ses dépens. C'est une cible parfaite pour quelqu'un comme Mandy. Elle se déprécie sans même s'en rendre compte. Lorsque Dina la complimente sur sa jolie robe, Cherry balaie cela d'un revers de main et ajoute qu'il s'agit d'une vieille collection. Les autres femmes sont bien plus élégantes qu'elle.

L'épouse est un peu plus ronde que l'exige la mode. Cela la rend plus douce et plus originale mais Dina s'aperçoit que Cherry en nourrit un complexe car elle ne s'autorise pas à piocher dans les petits gâteaux qu'elle a apportés pour accompagner le thé.

Cherry est accueillante et a envie de faire découvrir Rocket District à la nouvelle. Elle lui propose de se joindre aux prochaines activités organisées par le Cercle des affaires féminines du Centre. L'invitation est généreuse car Dina ne fait pas partie de la caste des épouses de scientifiques.

Dina sort un briquet et un paquet de cigarettes qu'elle pose sur la table basse. Elle en tend une à Cherry.

– Vous fumez ?

Cherry secoue d'abord la tête puis, comme une enfant prise en faute, avoue :

– Juste une de temps en temps. La publicité dit que c'est bon pour la santé.

Les deux femmes partagent un instant de complicité. Les volutes de fumée répandent leurs méandres dans le salon.

Durant toute la conversation, Dina n'a de cesse de se demander si Cherry est au courant du passé de son mari. Comment une personnalité aussi ronde peut-elle s'entendre avec un monstre ? Cache-t-elle son jeu ? Qui dans l'entourage du médecin connaît ses secrets ?

Dina n'a jamais eu d'amie. Pas le temps, pas l'envie. S'attacher, c'est souffrir. Aimer, c'est prendre des risques et sa vie est suffisamment risquée comme cela. Elle ne connaît pas vraiment les règles du jeu de la camaraderie. Au centre d'entraînement, on ne fraternise pas. On apprend à utiliser l'autre, pas à s'en faire un ami.

Elle ne sait pas nouer de liens sincères et le babillage de sa voisine lui en fait prendre conscience. Cherry est tout ce que Dina n'est pas : fragile, peu sûre d'elle, innocente.

– Vous viendrez ? lui demande Cherry.

Dina sirote une gorgée de thé glacé pour se laisser le temps de retrouver l'origine de la question. Oui, Cherry lui parlait des ateliers couture. Mandy a fait venir de France des patrons de couture qui reprennent les modèles des tailleurs Chanel chers au cœur de Jackie Kennedy.

La jeune femme n'a pas l'occasion de répondre car la porte d'entrée s'ouvre. Elle regarde l'horloge murale. Le monstre est de retour à la maison.

6

Une petite goutte de sang

C'est un homme grand et mince qui franchit le seuil. Il leur tourne le dos pour déposer son chapeau sur le portemanteau du vestibule.

– Cherry, je suis rentré !

Sa voix est calme et mélodieuse.

Il range sa veste sur la patère. Il est peut-être un peu maniaque.

Cherry part à sa rencontre et l'embrasse sur la joue.

– Oscar, nous avons une invitée.

Le médecin lève un sourcil surpris en découvrant Dina debout dans son salon dégustant un verre de thé glacé.

Il sourit et lui tend la main.

Dina n'est pas à l'aise. Cet homme affable peut-il réellement être à l'origine des sévices dont le Bureau l'accuse ? Elle lui serre la main. La sienne est moite. L'autre est sèche.

Tous les sens de Dina sont en alerte. Une multitude de questions se bousculent dans son cerveau. Elle pourrait très bien, là maintenant, lui trancher la gorge avec un bout de verre…

Durant ses précédentes missions, elle avait su détecter, d'une manière ou d'une autre, la perversité. L'homme en face d'elle la fait douter.

– Vous êtes nouvelle à Rocket District ?

Il s'assied sur le canapé. Cherry part dans la cuisine lui chercher un verre bien mérité après une journée de travail acharné au service de l'Amérique. Ils sont seuls dans le salon. Dina pourrait l'immobiliser d'un coup dans les tibias, il tomberait à genoux et elle l'étranglerait. Simple, net, facile.

Mais rien n'est facile dans cette situation. La limite n'est pas claire. La frontière de la barbarie pas encore atteinte. Elle s'assied sur le fauteuil en face du canapé.

– Je viens d'emménager. J'ai pris un poste chez Avery's Diner.

Oscar hoche la tête. Il connaît bien l'endroit même s'il ne le fréquente pas assidûment.

– Soyez la bienvenue parmi nous.

Dina se demande à qui correspond ce « nous ». Son regard perçant ne semble pas gêner le médecin qui poursuit :

– Votre époux travaille au Centre ?

– Je suis veuve.

Il incline la tête comme pour la voir sous un autre angle.

– Si vous avez besoin d'aide pour l'emménagement, Cherry se fera un plaisir de vous épauler.

Il se penche vers elle pour continuer :

– Et pour tout conseil médical, n'hésitez pas à venir me voir.

Peut-être dans ce regard-là, Dina pourrait percevoir l'éclat de la perfidie. Mais elle n'en est pas sûre.

– En quoi consiste votre travail ? demande-t-elle. Je croyais que le Centre n'employait que les astronautes ou les ingénieurs qui fabriquent les fusées.

Le médecin rit de l'apparente candeur de son invitée.

– Il faut bien que quelqu'un s'occupe de la santé des hommes qui iront dans l'espace.

Il reprend un air sérieux pour expliquer :

– Je suis chargé d'analyser les différentes variations du corps, humain ou animal, dans des circonstances particulières comme le froid extrême, l'apesanteur ou l'asphyxie afin de préparer au mieux nos missions intersidérales.

– Comment procédez-vous pour étudier ces effets ?

L'homme paraît soudain ennuyé. Il s'enfonce dans le canapé.

– Je réalise des expériences.

Cherry revient et tend à son mari une margarita surmontée d'une olive. Elle a entendu la conversation depuis la cuisine et enchaîne :

– Si vous saviez comme je suis triste en pensant à tous ces petits animaux dans leurs cages.

Oscar la regarde avec un mélange de mépris et de compassion pour cette pauvre enfant qui ne peut comprendre l'importance de son œuvre pour la science.

– Je sais, Cherry, mais il faut bien que nous testions nos produits avant de les injecter à nos hommes. Je suis responsable de leur santé.

Elle hoche vigoureusement la tête.

Puis il ponctue sa phrase d'un :

– L'humain avant tout.

À ces mots, le verre de Dina se brise en mille morceaux. Elle ne s'était pas rendu compte de la tension qui traversait son corps et elle a serré le verre trop fort. Le thé se répand partout sur le sol.

– Je suis désolée, s'excuse-t-elle devant l'air horrifié de Cherry.

– Votre main ! crie la femme du médecin.

Dina regarde alors ses doigts couverts de sang. Des petits bouts de verre se sont incrustés dans sa paume.

Heureusement, le docteur prend les choses en main.

– Va chercher ma trousse, ordonne-t-il à son épouse.

Cherry file dans l'entrée. Ses petits talons claquent sur le sol au même rythme que son cœur saccadé.

Oscar attrape doucement la main de Dina.

– Ça ne semble pas trop grave. Je vais juste nettoyer pour éviter l'infection et vous faire un bandage.

Cherry réapparaît en traînant la lourde mallette du médecin qui s'empresse de l'ouvrir pour y trouver le matériel nécessaire. Ses gestes sont sûrs et précis. Une certaine douceur émane de cet homme tandis qu'il prend soin de sa patiente.

Il la pense sous le choc. Normal, la faiblesse des femmes devant une petite goutte de sang est bien connue. D'ailleurs, Cherry ne reste pas pour assister son époux. Elle part se réfugier dans la cuisine où elle lance les préparatifs du dîner pour se calmer.

Dina et Oscar sont seuls. Elle pourrait utiliser le scalpel qu'elle a aperçu dans la trousse pour lui trancher la carotide, ce ne serait alors plus du thé glacé qui se répandrait sur le tapis…

Il parle de tout et de rien pour la rassurer.

– Vous avez un léger accent, non ?

– Je viens d'Argentine où mon mari était stationné avant sa maladie.

Surpris, il suspend son geste.

– L'Argentine ? Je connais. Il y a ce petit café à Buenos Aires où se retrouvent les expatriés. Pas loin de la plaza de Mayo.

Il lâche la pince à épiler dont il se servait pour enlever les bris de verre dans la paume pour prendre le scalpel dont le métal immaculé fait refléter les derniers rayons du soleil.

– Je dois inciser, un bout de verre s'est logé sous la peau.

Il se rapproche d'elle. Il s'est assis sur la table basse en face du fauteuil pour la soigner. Leurs têtes se touchent presque.

– Vous voyez le café dont je parle ? Les murs sont décorés de masques à têtes d'animaux sculptés dans du bois de palo borracho…

Son regard perçant se plante dans celui de Dina. Il y a comme une menace dans ce test géographique qu'il lui fait passer. La jeune femme ne cille pas.

– Le café Tortoni.

Il sourit.

– Voilà ! Quel endroit atypique.

Il pose le scalpel sur la table et bande soigneusement la main de Dina. Elle le remercie et récupère son briquet et son paquet de cigarettes sur la table. Le couple la raccompagne jusqu'à l'entrée.

En traversant la rue, Dina inspecte le pansement sur sa main. Ses jambes tremblent un peu. Son esprit est ailleurs.

Elle a réussi la première partie de sa mission. Elle tâte dans sa poche le Zippo qui ne la quitte jamais. Dissimulé à l'intérieur du briquet, un appareil photo espion Echo 8 miniature. La qualité des clichés n'est pas exceptionnelle mais, si le sujet est assez proche, elle se révèle tout à fait suffisante pour identifier un homme.

Elle enverra le tout à Peter pour que les analystes du Bureau cherchent des correspondances avec le « Chirurgien de Buchenwald ». La clé du mystère se trouve peut-être dans sa poche.

7

Un croque-mitaine

Lorsqu'elle rentre chez elle, la nuit est presque tombée. C'est l'heure où le soleil et la lune se disputent le ciel. Ils entament alors une valse dont le résultat nimbe la rue d'une lumière rosée. Il fait encore chaud et l'air est lourd.

Rocket District se prépare pour la soirée. Les fenêtres éclairées laissent entrevoir la vie des familles. Dans la cuisine, les femmes sortent le rôti du four pour l'arroser. Dans le salon, les enfants sont allongés sur les tapis, la tête posée entre les mains pour regarder une rediffusion des *Hardy Boys*. Dans le bureau, les hommes travaillent ou lisent le journal.

L'intérieur de la maison de Dina est plongé dans le noir. Seule la lumière crépusculaire l'éclaire. Dès l'ouverture de la porte, elle sent une présence. D'instinct, elle laisse la lumière éteinte et se prépare au combat. Ses cuisses s'arc-boutent pour s'ancrer au sol. Son dos se voûte pour laisser peu d'emprise à l'ennemi. Ses mains se crispent avant de fermer les poings.

Les rideaux sont tirés. Une fois la porte refermée, l'obscurité est complète.

Elle avance lentement, sans bruit. Les lattes du parquet peuvent s'avérer traîtresses, elle s'en méfie et enlève ses ballerines. Ses pieds nus caressent le bois tandis qu'elle s'avance vers le salon.

Elle sait qu'un intrus s'est installé dans un fauteuil. Qui ? Se pourrait-il que quelqu'un ait eu des doutes sur sa couverture ? Elle a pourtant tout fait dans les règles de l'art. Personne ne peut la soupçonner. Pourtant, il y a bien quelqu'un chez elle…

En passant près de la cheminée, elle attrape un tisonnier en métal. Elle est prête à frapper.

– On te sent à des kilomètres à la ronde. Je t'ai déjà dit de ne pas mettre de parfum.

L'intrus allume la lampe posée sur la table. Un halo orangé illumine la pièce et éclaire un visage moqueur.

– Peter ?

Interloquée, Dina a encore le tisonnier entre les mains.

– Pose ça, tu vas blesser quelqu'un.

– J'aurais pu te tuer !

Il se gausse.

– Comme si c'était possible.

D'un geste, il l'invite à s'asseoir dans son propre salon.

Dina ressent une tension s'installer entre eux. Un sentiment familier qui ne la quitte jamais en présence de son instructeur. L'impression qu'un désastre est imminent. Un danger constant flotte autour de Peter. C'est un navire prêt à sombrer et toute la question est alors de savoir s'il nous entraînera au fond avec lui.

Il y a quelque chose de magnétique dans son regard mélancolique. Une tristesse que personne ne peut consoler. Pourtant, une puissance féline émane de sa carrure musclée. Mais son côté animal vient surtout d'un instinct de survie qu'on sent à la fois inébranlable et fragile. C'est toute l'ambivalence de Peter.

– Qu'est-ce que tu fais là ?

Il est très inhabituel qu'il se déplace sur les lieux d'une mission. Il ne l'a jamais fait par le passé. C'est hors protocole.

Comme il ne répond pas, elle suppose :

– Il y a un problème à l'Hamisrad ?

Les agents n'utilisent jamais le nom officiel de l'organisation : Mossad. Entre eux, ils la désignent simplement par le terme *hamisrad*, « bureau » en hébreu.

Elle est toujours debout, il tapote sur le canapé pour l'inviter à s'asseoir.

– Je viens simplement m'assurer que tout se passe bien.

Elle cède et prend place à côté de lui.

– Tu ne l'as jamais fait auparavant.

Pendant quelques secondes, l'assurance de l'instructeur vacille. Cela ne dure pas mais Dina l'a vu.

– Cette mission est particulière.

Dina le savait bien.

– C'est la première fois que j'opère aux États-Unis.

Il semble soulagé par sa réaction, comme si elle lui avait fourni la réponse à une question difficile.

– En effet et les enjeux sont importants.

– Un procès, je sais.

Elle soupire.

– Mais j'ai des doutes sur le médecin. Je ne suis pas certaine qu'il s'agisse de notre homme.

– C'est lui.

– Je viens de passer un moment avec lui et sa femme. Ils paraissent trop… Comment dire ? Trop…

– Normaux ?

– Exactement !

Peter secoue la tête.

– C'est lui.

Elle lui montre sa main bandée.

– Il m'a soignée.

– Évidemment qu'il t'a soignée ! Il n'allait pas te couper la main en faisant un salut hitlérien. Ne sois pas naïve.

Dina est vexée. Ce ton moqueur la replonge dans ses années d'entraînement lorsque Peter instruisait les jeunes recrues. S'étalant sur un an, les épreuves se succédaient, de plus en plus complexes. Les places étaient chères. Des mille cinq cents candidats de départ, il n'était resté que six hommes et une femme, Dina.

– Je ne suis pas naïve. Je veux juste être certaine que nous ne nous ridiculiserons pas à la face du monde en jugeant le mauvais médecin.

L'argument fait mouche. Peter acquiesce et la regarde avec ce mélange de fierté et de moquerie qui met toujours Dina mal à l'aise.

Elle place ses jambes en tailleur avant de s'expliquer :

– J'ai beaucoup de mal à croire qu'un criminel de guerre comme le « Chirurgien de Buchenwald » puisse avoir trouvé refuge aux États-Unis. Après Nuremberg, ils ne l'auraient pas laissé entrer dans le pays.

Peter passe une main dans ses cheveux coupés court.

– Tu n'as jamais entendu parler de l'opération *Paperclip* ?

– Non.

– Comme tu le sais, de nombreux scientifiques allemands ont mis leur savoir au service du régime nazi avant et pendant la guerre. C'est le cas de Wernher von Braun et de son équipe. Ils ont mené différentes expériences sur les prisonniers de plusieurs camps de concentration : Auschwitz, Buchenwald, Dachau, Birkenau…

Cette explication paraît difficile à Peter. Il prend un temps avant de continuer :

– Ces expériences ont pris plusieurs formes : amputations, noyades, essais génétiques… Par exemple, plusieurs prisonniers ont été soumis à des tests à haute altitude, ils sont morts gelés. D'autres ont subi des expériences sur la désalinisation de l'eau de mer qu'on leur a injectée directement dans les veines ou forcé à avaler.

Il se mord la lèvre.

– On leur a donné un nouveau médicament, le Berkatit, censé rendre le goût de l'eau salée agréable, mais fatal en deux semaines. Les scientifiques ont terminé leur rapport en concluant froidement : « Les quarante sujets sont morts. »

Il attrape la main blessée de Dina.

– Ce médecin qui t'a soignée n'est autre que Otto van Maiden qui « traitait » ses patients dans les camps en leur injectant des cultures de gangrène, de la sciure de bois, du gaz moutarde ou même du verre avant de les recoudre en programmant le temps qu'il faudrait pour que le blessé meure. Il leur inoculait la peste bubonique et la tuberculose. Les résultats obtenus ont permis aux Allemands de développer plusieurs vaccins pour leur population mais aussi des gaz neurotoxiques comme le sarin.

Dina retire sa main.

– Je ne comprends pas. Ces tortionnaires ont été jugés durant le « procès des Médecins » à Nuremberg.

Peter est nerveux, agité de tressautements.

– Pas tous ! Lorsqu'ils ont senti la fin de la guerre arriver en 1944, Wernher von Braun et son équipe ont proposé leurs services aux États-Unis. À la libération des camps, les Américains ont mis au jour tout l'arsenal de gaz neurotoxiques ainsi que les découvertes faites par ces scientifiques, ils ont alors décidé qu'il leur fallait absolument ces armes et ces savoirs. Ils ne voulaient pas qu'ils tombent entre les mains des Russes avec qui une guerre froide se profilait.

Il cite de tête avec une moue de dégoût :

– En 1945, un mémorandum confidentiel de l'état-major américain recommande que « ces esprits talentueux et rares, à la productivité intellectuelle hors du commun, soient placés à leur service ».

Dina ne peut pas le croire. Elle secoue la tête sans même s'en apercevoir. Peter se rapproche d'elle.

– Les découvertes de Wernher von Braun, notamment le missile V2, intéressaient particulièrement les États-Unis. Il se fournissait en cobayes dans le camp de Buchenwald. Son élaboration aurait fait plus de vingt mille victimes soit deux fois plus que son utilisation en tant qu'arme.

– Je ne vois pas le lien avec le centre spatial.

– Les missiles V2 sont devenus les missiles Redstone à Huntsville. Il s'agit du premier missile balistique guidé de l'armée américaine. Il sera utilisé pour le premier vol habité en mai prochain.

– Tu veux dire que si les Américains parviennent un jour à marcher sur la Lune comme le veut Kennedy, ce sera grâce aux scientifiques nazis ?

Peter acquiesce.

Dina se lève d'un coup.

– C'est inacceptable ! Il faut prévenir la population.

Peter hausse les épaules.

– Tous ces scientifiques nazis ont obtenu la nationalité en 1955. Ce sont de parfaits citoyens américains, maintenant. Et puis, d'un autre côté, si les États-Unis n'avaient pas utilisé leur savoir, les puissances ennemies l'auraient fait…

– Mais enfin, moralement c'est répréhensible.

– La conquête spatiale est plus importante que les victimes d'une guerre vieille de quinze ans.

Dina se rassied. Elle est sonnée par ces révélations. Peter, lui, affiche un regard déterminé.

– C'est pourquoi la mission du Kidon est si importante.

Dina trouve que le mot hébreu utilisé par le Bureau pour désigner son groupe chargé des éliminations physiques n'a jamais aussi bien porté son appellation. *Kidon* signifie « baïonnette ». Elle rêverait de transpercer tous ces pseudo-scientifiques.

Elle est possédée par la haine. La peur et la douleur des victimes l'oppressent. Elle les ressent dans tout son corps.

Le poids d'être une survivante n'a jamais été aussi lourd. Elle desserre son chemisier en défaisant deux boutons pour libérer sa gorge et s'aider à respirer.

La désillusion est grande. Dans son enfance, les États-Unis avaient représenté un lieu de réparation. Un endroit où elle avait pu échapper aux horreurs de la guerre avant de rejoindre Israël. Mais maintenant, ce pays ami devenait un traître, une nation pervertie par la compromission.

Peter l'observe. Il a eu la même réaction quand il a appris l'existence de l'opération *Paperclip*. Il ne lui en a pourtant révélé que bien peu. Il resterait tellement à dire. Il sait que l'information est suffisamment difficile à digérer.

Il connaît cette impression de se noyer, de lutter contre des moulins à vent. Dina l'émeut dans sa colère. Dès l'entraînement, il a remarqué son incroyable ténacité, sa détermination et, surtout, il a reconnu en elle la même tourmente. Une violence interne qui doit être canalisée pour ne pas exploser. Faire du mal aux bourreaux plutôt qu'à soi. La vengeance. C'est leur seule raison de vivre. Il reconnaît tout cela en Dina.

La nuit est complètement tombée à présent. Le salon n'est éclairé que par la faible lumière orangée de la lampe. Ils sont tous les deux assis sur le canapé à écouter le silence de Rocket District. Les enfants sont couchés. Leurs parents leur ont lu une histoire. Les récalcitrants au sommeil, ceux qui prétextent la présence d'un croque-mitaine sous le lit, ont été rassurés.

Dina et Peter, eux, savent que les monstres existent réellement.

8

Que tout le monde sache ce qu'il a fait

– Tiens. J'ai réussi à le prendre de près. Les clichés devraient être exploitables.

Dina confie l'appareil photo miniature à Peter qui le place immédiatement dans sa poche. S'il est surpris par la rapidité avec laquelle son agent a obtenu ces photos, il ne le montre pas.

Dina est concentrée. Elle fronce les sourcils.

– Il faut absolument que les techniciens du Bureau authentifient le médecin.

Elle désigne d'un signe de tête la maison voisine.

– Après tes révélations, je dois être certaine que l'homme d'en face est bien le « Chirurgien de Buchenwald ». L'enjeu est trop important.

Elle ne fait plus confiance à son instinct. Tout autour d'elle lui paraît faux. Les maisons de Rocket District trop jolies pour être vraies. Ces jardins entretenus. Tout ressemble à du carton-pâte, un décor de théâtre. Les affiches de la NASA, les fanions-fusées, les encouragements de la population, les annonces du prochain lancement.

Les Bomb Wives avec leur air fier et leurs tenues chic sont des mannequins de vitrine. Du plastique. Ici, tout est faux. Un artefact.

Dina s'agrippe au canapé pour ne pas vaciller. Malaxer le tissu lui permet de ne pas sombrer dans la folie. La folie des hommes. La brutalité des hommes.

Elle regarde sa main et repense à la voix douce du médecin lorsqu'il effectuait son bandage mais aussi au regard perçant qu'il lui a lancé quand elle a évoqué l'Argentine.

Dina se tourne vers Peter. Étrangement, la présence de son instructeur la rassure. Il est comme un roc au milieu de la tempête. Immuable, imperméable aux sentiments humains.

– Peter, j'ai quand même des doutes sur lui.

– C'est lui.

Rien dans son regard ne pourrait manifester le moindre doute.

– Comment peux-tu en être aussi certain ?

– Je le sens.

Elle le trouve étrange, assis là dans ce canapé. Elle met un moment avant de trouver le mot qui convient. Le grand Peter, l'iceberg, le sans-cœur, est installé dans son salon, vulnérable.

L'intimité de ce début de nuit partagé en Alabama autorise Dina à franchir une limite.

– Il y a quelque chose de différent dans cette mission. Je le sais. Tu n'es pas comme d'habitude. Ta venue, les informations que tu viens de me livrer, tout ça n'est pas normal.

Peter fronce les sourcils. Il hésite puis souffle :

– Cette fois, c'est personnel.

La réponse sonne comme un aveu. Il n'en fait jamais. Ne confie jamais rien. Personne ne sait quoi que ce soit sur la vie privée ou le passé de Peter.

La jeune femme reçoit cette déclaration comme une confidence, un cadeau de la part de cet homme si secret. Elle sait qu'il n'en dira pas plus. C'est déjà beaucoup pour lui. Sûrement trop. Lui qui paraît si froid, si hautain, vient de déposer humblement un peu d'humanité à ses pieds.

Elle a l'impression d'assister à la chute d'un géant pour découvrir un homme. Un homme blessé, torturé, mélancolique.

Peter est ténébreux. Il exerce une sombre attraction autour de lui mais, se laisser attirer, c'est comme se baigner dans des eaux sombres et profondes. On ne sait pas si on pourra rejoindre la rive ensuite.

Pourtant, en cette chaude soirée, Dina a envie de sombrer avec lui. Elle ne vit pas dans l'avenir. Impossible pour elle de se projeter. Elle ne connaît que le poids du passé et l'immédiateté du présent. Dans son métier, tout peut s'arrêter du jour au lendemain. Il suffit d'une erreur d'inattention, d'un geste imprécis, pour que la vie cesse.

Ils ont discuté de la stratégie adoptée par Dina. Peter ne pense pas que se lier avec la femme du médecin soit la meilleure approche. Il craint que cela nécessite beaucoup de temps et qu'elle prenne trop de risques à s'exposer ainsi mais elle a fini par le convaincre. Elle est persuadée qu'il s'agit de la meilleure option. L'épouse est une cible facile, elle permettra d'entrer dans l'intimité du couple et d'organiser au mieux l'exfiltration.

– Pourquoi ne pas l'éliminer, tout simplement ? a-t-elle demandé.

– Il doit être jugé. Je veux que tout le monde sache ce qu'il a fait, ce qu'ils ont fait.

Les yeux de Peter sont des allumettes prêtes à s'enflammer. La fureur brûle sous ce visage angélique. Dina ne s'y trompe pas. L'homme est dangereux.

Elle accepte ce danger. Elle accepte cette partie sombre de son existence. Elle n'a pas besoin de peser le pour et le contre lorsqu'elle supprime un ennemi. Pour faire le bien, il faut parfois faire le mal.

Peter se lève. Tous les deux restent immobiles un instant, hésitants, un peu gauches aussi, comme des débutants. Finalement, ils se dirigent vers la porte de la cuisine qui donne sur un petit jardin à l'abri des regards. Peter jette un œil par la fenêtre pour être certain que la voie est libre. Les braves habitants de Rocket District sont endormis. Les petits fanions de fusées volettent sous une brise chaude.

– Je prendrai des nouvelles de temps en temps.

Elle sait que la soirée était une parenthèse entre eux et que la prochaine fois tout redeviendra comme avant. Pas de sentiment, pas de confidence. Juste du travail.

Peter a la main sur la poignée. Il lance un dernier regard à la petite cuisine de Dina. Cet intérieur typiquement américain avec son téléphone jaune fixé au mur, ce réfrigérateur bien trop grand pour une seule personne, ses placards vert amande.

Il ouvre la porte, hésite. Ses yeux s'attardent un instant sur le décolleté de Dina, sur ces deux boutons ouverts pour la laisser respirer. C'est un peu de sa faiblesse d'homme qu'il dévoile. L'instructeur n'est pas une machine, il l'a prouvé ce soir.

Des mots sont suspendus à ses lèvres. Il lutte entre les laisser libres ou les contenir. Toujours le même paradoxe chez lui, nager ou couler.

– Sois prudente.

Il effleure lentement la joue de Dina d'une main légère même si le geste est lourd de sens. L'instant semble durer une éternité. Même les grillons ont cessé de chanter. C'est si inattendu que Dina reste pétrifiée. Elle n'a pas le temps de réagir, déjà la porte se ferme et Peter se fond dans la nuit.

La jeune femme s'appuie sur le rebord de l'évier. Par la fenêtre, elle tente de percer l'obscurité pour deviner une silhouette. Trop tard, il a disparu. Elle touche sa joue. Se demande si elle a rêvé.

Il est tard maintenant. La lune est cachée par un nuage et Rocket District dort paisiblement en rêvant de conquérir l'espace.

Dina devrait aller se coucher. Une journée de travail l'attend. Demain, elle enfilera à nouveau son uniforme orange. Mais, dans son lit, la trace de cette caresse reste longtemps incrustée sur sa peau. Le trouble aussi.

9

Rien que du noir

5 mai 1961

Le réveil n'a même pas besoin de sonner. Dina est réveillée. Elle n'a pas réussi à se laisser aller au sommeil. Les pensées tournaient en boucle dans sa tête. L'opération *Paperclip*, la douleur des victimes, la compromission des États-Unis, le médecin d'en face, Cherry et sa verve accueillante, le sang sur ses mains… Peter aussi. Elle caresse sa joue comme s'il pouvait y rester une trace de son geste. Elle n'y trouve qu'un pli laissé par l'oreiller.

Son visage est chiffonné. Sa fraîcheur adolescente a disparu pour faire place à une désillusion de femme mûre. Elle ne peut pas se présenter ainsi au *diner*.

Pour se recentrer, elle récite la litanie de prénoms. *Hannah, David, Esther, Ismaël, Saul…* Ces morts qui vivent en elle. Dina n'est jamais seule, elle avance lestée du poids du passé en quête d'une réparation qui ne vient pas.

La douche lui permet de se reconnecter à son corps endolori par la nuit. L'eau froide coule sur sa peau, réveille ses sens. L'air extérieur qui s'infiltre par la fenêtre laissée entrouverte est déjà lourd. Le carrelage se couvre de buée. La salle de bains n'est plus qu'un brouillard dans lequel elle se fond.

Ses muscles commencent à lui répondre. Elle se sent à nouveau maîtresse d'elle-même. Son corps svelte se reflète dans le miroir embué. Il est une forme diluée dans la condensation. C'est ce qu'elle est, après tout, une ombre qui va et vient à mesure des missions qu'on lui confie. Personne ne sait qui elle est vraiment. Elle endosse un rôle. Jeune fille docile, femme fatale, veuve endeuillée…

D'un geste, elle efface la buée pour se voir dans la glace. Ses pommettes hautes, ses grands yeux, ses seins fermes, son ventre plat, ses hanches généreuses, ses jambes fuselées… À qui appartiennent-ils ? Elle n'est qu'un instrument que le Bureau utilise selon ses besoins. Dans ce monde d'hommes, une femme est forcément une épouse, une mère ou une catin. Même en ce début de décennie 1960, les mentalités n'ont pas beaucoup évolué.

Elle descend à la cuisine se faire un café bien noir. Ce matin, elle ne supporterait pas un café au lait, symbole de la grivèlerie d'un pays qui accepte d'accueillir des criminels de guerre sans les faire payer. Pour réveiller son palais, elle veut quelque chose de pur. Du noir, rien que du noir.

Elle ne peut rien avaler. Elle se ressert une tasse en réfléchissant à la méthode qu'elle va adopter. Comment se rapprocher de Cherry ? Le mieux serait de l'interroger naïvement sur son mari, leur rencontre, la date de leur mariage, la famille de son époux… Puis, elle pourrait s'inviter chez elle, de plus en plus souvent, faire partie de ses amies proches, celles qui peuvent déambuler dans la maison sans qu'on s'en méfie.

Cherry ne se doutera jamais que Dina observe, traque, scrute le moindre indice qui prouverait l'identité du médecin. L'espionne notera ses allées et venues, ses petites manies et ses habitudes. Le travail sera long mais payant. Les victimes méritent bien un autre procès.

Dina sent sa gorge se serrer, une lourde responsabilité pèse sur ses épaules, un deuxième Eichmann, ça ne se rate pas.

L'amertume du café lui donne des aigreurs quand elle monte à bord de son pick-up. Lorsqu'elle passe dans le centre-ville, devant le tribunal de Madison County, elle réprime un frisson. Le lieu où l'on juge les coupables… Puis la tour blanche de l'église méthodiste.

Quand elle arrive dans Main Street, elle est surprise par l'ébullition qui y règne. Des affiches, des pancartes, des petits drapeaux annoncent une fête prochaine. C'est l'effervescence. Des enfants courent dans la rue, des femmes se retrouvent pour discuter, des ouvriers installent des barrières.

Le carillon du *diner* sonne pour accueillir Dina.

– Que se passe-t-il dehors ? demande-t-elle à Avery, déjà en train de lustrer le comptoir.

– « Bonjour, Avery, comment vas-tu ? Je vais très bien merci. Un peu mal au dos, peut-être », se moque la patronne.

Tyler délaisse ses énormes cupcakes surmontés d'une crème bleue sur laquelle surnage une mini-fusée.

– Ne l'écoute pas. C'est pour la parade.

– Quelle parade ?

– Le Train ! s'exclame en chœur le duo prouvant ainsi son attachement à une tradition que Dina ignore.

Avery pose son torchon sur son épaule.

– Pour Noël et les grandes occasions, le Train passe dans Main Street.

– Et quelle grande occasion célébrons-nous ?

Les deux compères lancent à la serveuse un regard affligé.

– Rien de moins que le succès du premier vol habité ! tempête Avery avec une fierté toute patriotique.

– L'astronaute Alan Shepard vient d'effectuer un vol suborbital de quinze minutes, complète Tyler. Deux semaines seulement après Gagarine.

Devant le peu d'intérêt manifesté par Dina, Avery renchérit :

– Mais enfin, tu vis dans une grotte ou quoi ? Le vol a été retransmis dans tout le pays.

Elle pointe un doigt en direction du ciel.

– Je te le dis, un jour cet homme ira sur la Lune.

Dina se souvient de la conversation avec Peter.

– Ce vol a pu avoir lieu grâce aux missiles Redstone ?

Satisfaits que la serveuse montre enfin un peu de culture spatiale, Avery et Tyler hochent la tête.

Le géant noir s'enthousiasme :

– Pour la parade, c'est tout le programme Redstone qui sera mis à l'honneur. Il y aura une grande bannière « The Space Capital of the Universe ». Wernher von Braun fera même un discours devant le Madison Courthouse pour féliciter Alan Shepard.

Dehors, on entend de la musique. La fanfare se met déjà en place.

– Il va y avoir une grande parade. C'est l'événement à ne pas manquer. Les enfants adorent. Ils ont le droit de faire un tour gratuit sur le Train, explique Avery.

– Bon, en réalité, il s'agit d'un vieux châssis de bus scolaire converti en locomotive. Mais, tu verras, on y croirait vraiment, complète Tyler.

Dina s'amuse de les voir aussi excités. Elle propose :

– Nous pourrons regarder passer le Train tous les trois.

Tyler secoue la tête.

– Il y a des emplacements réservés pour les Noirs et d'autres pour les Blancs.

Dina est toujours surprise par la ségrégation particulièrement marquée dans les États du Sud. Elle-même ne voit pas les personnes à travers le prisme de leur couleur de peau mais par ce qu'elles dégagent.

Avery et Tyler ne semblent pas plus accablés que cela par cette loi. Ils s'en accommodent. La force de l'habitude. Mais combien de temps encore une partie de la population acceptera-t-elle de s'y soumettre ?

Avery est déjà passée à un autre sujet. Elle fait l'inventaire des réserves et dresse une liste de courses. Les clients se suivent, commandent des œufs, du bacon et des haricots à la tomate. Le café coule à flots. Le juke-box passe « Beyond the Sea » de Bobby Darin. Dina se laisse prendre par l'atmosphère paisible du *diner*.

Tout est tranquille jusqu'à un brusque changement d'ambiance. L'air se charge d'effluves capiteux. Elles sont là. Les Bomb Wives viennent de faire leur entrée. Mandy est toujours la première, menant sa troupe à la baguette.

En habituées, elles s'avancent vers leur table près de la fenêtre. Les rôles semblent déjà distribués. Chacune connaît sa place. Les répliques sont attribuées.

– Je suis comme Marilyn Monroe, la nuit je ne porte que du *Chanel N° 5*…, déclare Mandy.

Les autres rient de cette audace. La meneuse pointe un doigt inquisiteur vers Cherry.

– Dis donc, tu n'aurais pas encore grossi ?

Elle montre la poitrine opulente de la malheureuse moulée dans un chemisier crème. La mode étant plutôt aux silhouettes filiformes, la générosité de Cherry apparaît comme une gageure.

– Avez-vous entendu parler de ce nouveau soutien-gorge, le Wonderbra *push up* ? rebondit une autre sortant ainsi Cherry de l'embarras.

Le groupe est intrigué, alors elle continue :

– J'ai lu un article dans le *Ladies' Home Journal*. Il permet de remonter la poitrine de manière spectaculaire.

– Quel intérêt ? se moque April, fière de sa poitrine aussi maigre qu'invisible.

Mandy reprend le contrôle de la conversation.

– Je ne vois pas l'utilité d'un tel artifice. Quelle femme voudrait des seins aussi gros que ceux de Cherry ? Je ne prédis pas un grand succès à cette invention.

Les autres acquiescent tandis que Cherry est de plus en plus rouge. C'est le moment que choisit Dina pour intervenir :

– Dans certaines civilisations, la rondeur est symbole de puissance. Plus le chef est gros, plus il est respecté.

Elle dépose des mugs de café sur la table. Cherry lui lance un regard reconnaissant. Mandy grince des dents.

– Nous avons une spécialiste en civilisations barbares ! Vous allez nous parler des Papous et des Pygmées ensuite ?

D'un geste, elle la congédie. Après tout, Dina vit peut-être à Rocket District mais ce n'est qu'une serveuse. La chef des Bomb Wives tolère la présence d'un homme noir dans le restaurant parce qu'il prépare les meilleures pâtisseries de tout le quartier mais il y a des limites à ce qu'une femme de sa classe peut supporter. On ne mélange pas les Noirs et les Blancs, les serveuses et les femmes de scientifiques. Chacun à sa place et les moutons seront bien gardés.

10

Des nuggets de poulet

1er juin 1961

Cherry apprécie la compagnie de sa voisine. Depuis son arrivée, il y a un peu plus d'un mois, elles passent beaucoup de temps ensemble. Dina est devenue une amie. Quand elle est à côté d'elle, Cherry se sent plus forte. Elle a l'impression qu'un peu de la vitalité et même du culot de Dina déteint sur elle.

Les deux femmes ont commencé à se fréquenter de plus en plus souvent. Elles se voient maintenant tous les jours. Impossible de passer une journée sans se parler. Elles ont pris leurs habitudes. Dina rejoint Cherry dès qu'Oscar quitte la maison pour le centre spatial. Parfois son époux et son amie se croisent. Ils échangent quelques mots polis puis son héros de mari part vaincre les Soviétiques dans la lutte pour l'espace.

Elles disposent d'une heure avant que Dina n'enfile son uniforme orange et démarre son service au *diner*. Elles prennent le petit déjeuner ensemble. Pour une fois, Cherry n'a pas peur de manger devant quelqu'un. Depuis qu'elle est enfant, on lui dit qu'elle est trop grosse. En réalité, il ne doit y avoir que dix petits kilos qui la séparent des femmes dans la norme prônée par le magazine *Woman*, mais le diktat d'une ligne filiforme est bien là et un bourrelet reste un bourrelet.

Oscar petit-déjeune donc seul tandis que Cherry lui rajoute toasts et bacon pour les grosses journées. Il fait attention à sa ligne. Un médecin se doit de ressembler à un médecin. Athlétique et en bonne santé.

Il surveille également son épouse qui doit garder la forme pour donner naissance à leur future progéniture qui sera, bien évidemment, un grand scientifique. Il se réjouit de voir Cherry sauter le premier repas de la journée car un petit jeûne est bon pour l'organisme.

Cherry se sent un peu honteuse. Elle n'aime pas avoir de secrets pour son mari. Elle aime la franchise, la transparence, l'honnêteté. Mais, comme le lui a expliqué Dina, elle ne lui a jamais dit qu'elle ne déjeunait pas, il l'a déduit tout seul. Elle n'a fait que le laisser croire et, toujours d'après Dina, une omission n'est pas un mensonge.

Grâce à sa voisine, Cherry entrevoit un aspect différent des choses. Jusqu'à présent, il n'y avait que du bon ou du mauvais, du blanc ou du noir. Maintenant, elle sent qu'il existe une frontière, un no man's land entre le bien et le mal. Toute une palette de gris.

Elle perd un peu en innocence mais gagne en confiance. Et la transgression commence par ce petit déjeuner partagé. Les deux amies se retrouvent donc tous les matins pour entamer leur journée. Bien que voisines, leur quotidien n'a rien de semblable. Dina part au *diner*, servir des clients, avoir une vie sociale riche et exténuante, tandis que le travail de Cherry consiste à tenir son intérieur, préparer les repas et participer aux différentes activités et mondanités organisées par le Cercle des affaires féminines.

Elle rejoint les Bomb Wives tous les jours à la même heure. Depuis l'arrivée de Dina, Cherry s'est aperçu de la méchanceté de Mandy. Auparavant, elle supportait sans sourciller les plaisanteries de la chef de bande à ses dépens. Elle trouvait légitime d'être la victime toute désignée de ses dénigrements. Mais Dina lui a montré que ce n'était pas normal.

Ce n'est pas pour autant que Cherry est devenue une rebelle. Elle suit toujours le groupe, courbe toujours l'échine devant Mandy. Mais cette première prise de conscience marque le début d'un affranchissement. Cherry le perçoit inconsciemment, Dina s'en réjouit extérieurement.

La femme du médecin a d'ailleurs réussi une première bataille contre le clan. Elle est parvenue à imposer Dina au Cercle des affaires féminines. Ce club est réservé aux seules femmes de scientifiques du centre spatial. On se retrouve entre soi pour parler de tout et de rien, des maris et de leurs grands projets, des événements à venir…

Dina n'a officiellement rien à y faire. Elle ne fait pas partie de la caste des « femmes de ». Elle n'est qu'une veuve obligée de travailler pour subvenir à ses besoins. Deux mondes qui entrent en collision, deux classes sociales qui, d'habitude, ne se croisent que l'une pour servir l'autre.

Cherry a beaucoup insisté. Elle ne s'en rend pas forcément compte mais dans la hiérarchie des époux, le docteur Oscar Stanford est haut placé. C'est le médecin-chef qui supervise toutes les expériences menées sur le corps, animal ou humain, qui permettront à l'homme de vivre dans l'espace. Son efficacité, sa rigueur, son expertise sont reconnues de tous.

Cherry reçoit un peu de cette gloire en cadeau de mariage. Grâce à Dina, elle en a pris conscience. C'est donc en usant de tout son poids qu'elle a réussi à intégrer une femme célibataire au Cercle. Mandy, qui n'apprécie pas qu'on lui force la main, a spécialement créé un badge « visiteur » qu'elle oblige Dina à porter à chacune de ses visites. Ce stigmate n'entame en rien la bonne humeur de la jeune femme lorsqu'elle se joint au groupe pour des activités tricot, collecte de fonds ou cuisine.

Les ateliers ne sont que des prétextes pour se retrouver et échanger quelques ragots, habilement nommés « informations ». Personne ne s'y trompe mais tout le monde joue le jeu car toutes savent qu'il n'y a pas pire objet de rumeur qu'un absent. Toutes sont donc présentes aujourd'hui, aiguilles à tricoter à la main, en train de constituer en pleine chaleur des écharpes qu'elles feront porter à leurs maris cet hiver.

– Je compte servir à John des nuggets de poulet ce soir, annonce fièrement Mandy entre une maille à l'endroit et une autre à l'envers.

Les bouches s'arrondissent de surprise devant cette audace. Il n'y a que Mandy pour oser cette nouveauté.

– Avez-vous déjà essayé ? Une recette à me conseiller ? demande-t-elle, faussement ingénue car elle sait pertinemment que la réponse sera négative.

April entre dans la danse.

– Je n'ai pas encore essayé. C'est assez nouveau…

La pionnière se rengorge.

– En effet, Robert C. Baker les a inventés il y a très peu de temps. Vous me connaissez, j'aime être à la pointe de la gastronomie.

– Je pensais que Baker avait inventé les nuggets avant tout pour les classes populaires, remarque négligemment Dina.

Elle n'a même pas relevé la tête de son ouvrage. Son badge « visiteur » sautille à chacun de ses coups d'aiguille.

Mandy soupire en levant les yeux au ciel afin de montrer au groupe à quel point la présence de cette femme perturbe leurs échanges constructifs. Elle frappe dans ses mains pour ramener l'attention à elle.

– J'ai une bonne nouvelle à vous annoncer !

Toutes délaissent leurs tricots pour l'observer avec envie.

– Tu es enceinte ? demande l'une d'elles.

Mandy a déjà deux beaux enfants, produits parfaits d'une Amérique parfaite. Un garçon, John-Ross, et une fille, Suzie, tous deux impeccablement blonds, aux dents blanches et tirés à quatre épingles à toute heure du jour. C'est à se demander si ces enfants jouent de temps en temps. Mandy et son mari John, bras droit du grand Wernher von Braun, représentent le couple idéal. Toujours envié, jamais égalé.

Mandy balaie l'idée d'un geste élégant.

– Trudy, ne raconte pas de bêtises !

Elle montre sa taille fine enserrée dans un pantalon fuseau.

– Est-ce que j'ai l'air d'avoir grossi ?

Elle lance un regard vers Cherry. D'habitude, elle aurait poursuivi avec une petite plaisanterie dont elle a le secret sur les rondeurs de leur amie mais la présence de Dina l'en empêche. Elle poursuit donc :

– Wernher m'a chargée d'organiser le prochain barbecue du Centre !

Toutes applaudissent. Le barbecue du centre spatial est un événement aussi prometteur que terrifiant pour son hôtesse. Elle se doit d'en être à la hauteur.

Intérieurement, certaines sont soulagées de ne pas avoir reçu cet honneur. Accueillir tous les hommes du centre spatial accompagnés de leurs épouses et de leurs enfants. Un travail titanesque même pour une parfaite épouse comme Mandy.

Mandy chuchote pour donner encore plus d'effet à son annonce :

– Wernher sera présent !

Double applaudissement de la troupe. Le directeur du Centre, grand inventeur des missiles V2 ayant permis le lancement des fusées Saturn, ne se mêle que rarement à la foule. Toutes ont pu assister, le jour de la parade, à son discours devant le Madison Courthouse pour célébrer le lancement réussi d'Alan Shepard dans l'espace. Elles ont été impressionnées par le charisme de l'homme.

Mandy aime se sentir adulée.

– Le discours du président Kennedy, il y a quelques jours, m'a profondément touchée.

Elle met une main sur le cœur.

– Il a marqué le lancement du programme lunaire. Wernher nous enverra sur la Lune, j'en suis certaine !

– Formidable, s'exclament les femmes, subjuguées.

Le tricot reprend dans la bonne humeur. L'avenir est entre de bonnes mains.

11

Je n'existais pas avant toi

3 juin 1961

Dina et Cherry se retrouvent également une heure le soir, juste après le service chez Avery et avant le retour d'Oscar. Elles boivent un Long Island Iced Tea. Ce cocktail à base de tequila, vodka, gin, rhum, liqueur d'orange et cola leur permet de finir la journée en beauté. Dans leur verre, la boisson ressemble trait pour trait à du thé glacé.

Qui pourrait se douter qu'elles boivent de l'alcool ? Les deux femmes en tirent une sorte de culpabilité complice. Il n'y a rien de mieux pour forger une amitié qu'un larcin commun. Oscar n'y voit que du feu puisque c'est Cherry qui s'occupe de remplir les carafes. Et puis, ce cocktail a été popularisé par la grande Betty Crocker dans son *Livre de cuisine*. C'est bien la preuve que les femmes d'intérieur ont droit à un petit remontant…

Assises sur le canapé ou installées au bord de la piscine, les amies discutent, débattent de l'actualité, parlent d'émissions de radio. Dina a fait découvrir à Cherry le plaisir de lire. Elle lui a donné son exemplaire de *Ne tirez pas sur l'oiseau moqueur*. Cherry a, dans un premier temps, été choquée par les thématiques abordées. La ségrégation, les disparités sociales, l'injustice. Elle est gênée que le roman se passe dans une ville d'Alabama, cela rend le récit encore plus réel. Mais Dina lui a expliqué que Harper Lee venait de recevoir le prix Pulitzer pour cette histoire. On parle même d'une adaptation au cinéma pour l'année prochaine avec le beau Gregory Peck.

Convaincue après sa lecture, Cherry a tenté de présenter le livre lors d'une séance au Cercle. Échec total. Si certaines étaient prêtes à l'écouter, Mandy y a vite mis le holà. Elle a recadré la brebis égarée tout en fustigeant l'absente qui était à l'origine de cette perdition.

– Ma pauvre Cherry, tu ne dois pas te laisser pervertir par cette femme du peuple. Elle ne vient pas du même milieu que nous. Nous sommes déjà bien aimables de la tolérer, mais de là à se laisser corrompre par des idées subversives…

Elle a soupiré.

– Les Noirs et les Blancs sont différents. Il n'y a pas à ergoter. Les Blancs sont supérieurs aux Noirs depuis des siècles. D'ailleurs, que deviendraient-ils sans nous ? Heureusement que nous sommes là pour les faire travailler sinon ils mourraient de faim.

Mandy avait terminé sa diatribe par une prière invoquant la mansuétude du Tout-Puissant envers les plus démunis. Amen.

Cherry n'a pas jugé utile de raconter cet événement à Dina. Lorsqu'elle fréquente sa voisine, l'épouse du médecin ressent toujours une liberté mêlée de subversion, comme si Dina représentait une pomme de la discorde que Cherry goûterait en cachette.

Les deux femmes se retrouvent toujours chez Cherry. C'est plus pratique car sa maison est spacieuse et Dina semble particulièrement apprécier son intérieur. Elle aime se balader dans les pièces, déambuler en observant les photos, l'interrogeant sur l'origine d'un bibelot…

Cherry aime que Dina s'intéresse à elle. Son amie lui pose beaucoup de questions. Sur elle, sur sa vie avec Oscar, sur ses souvenirs, sur sa famille. Cet intérêt sincère la touche car Oscar est si secret. Il ne lui parle jamais de son passé. Quand Dina l'interroge sur son mari, elle répond :

– Il refuse d'évoquer sa vie avant notre rencontre. Il me dit : « Je n'existais pas avant toi. » Tu te rends compte ? Comme c'est romantique !

Dina a l'air déçue mais Cherry comprend. La malheureuse a perdu son époux. Voir Cherry si heureuse en mariage doit la peiner.

– Tu ne sais vraiment rien sur lui ?

Cherry est touchée par le fait que Dina passe au-dessus de son chagrin et s'intéresse tant à elle.

– Je sais que c'est un héros de guerre.

Dina semble sur le point de dire quelque chose mais se retient. Cherry continue :

– Il travaillait en Allemagne juste avant la guerre. Il avait été embauché par un laboratoire pour élaborer un vaccin contre le typhus. Son esprit brillant avait déjà été remarqué ! Quand la guerre a été déclarée, il a échappé aux nazis et s'est illustré de manière héroïque. Il a fui le pays pour rentrer aux États-Unis. Maintenant, il aide son pays dans la conquête spatiale.

Cherry est fière de son mari. Quel homme, cet Oscar ! Elle a beaucoup de chance d'être mariée à lui. En tout cas, c'est ce que lui répètent ses parents. *Pour une fille comme toi, c'était inespéré.*

Elle ne se fait pas d'illusion, elle sait que son mari a des aventures. Comme toutes les bonnes épouses, elle comprend qu'un homme a des besoins. Parfois, lorsqu'il rentre tard le soir, elle sent un parfum sucré sur sa veste ou découvre une trace de rouge à lèvres un peu trop vif sur le col de sa chemise. Mais elle se tait et place le tout dans sa nouvelle machine à laver Hoover. Les traces de culpabilité sont diluées avec un peu de lessive.

Cherry a confié à Dina son combat pour avoir un enfant. Depuis plusieurs années, elle essaie mais pleure à chaque nouveau mois. Elle envie la famille idéale de Mandy. Ses deux beaux enfants blonds. Si seulement elle pouvait en avoir un.

Cherry se sent coupable. Elle échoue dans son rôle d'épouse. Oscar, en mari aimant, ne lui fait pas trop de reproches. Il sait qu'elle fait de son mieux. Il ne faut pas oublier que c'est un scientifique. Dans toute expérimentation, plusieurs essais sont souvent nécessaires avant de parvenir à un résultat concluant.

Aussi, depuis quelques mois, il lui fait des piqûres de vitamines et d'hormones pour stimuler sa fécondité.

Cherry n'y connaît rien en médecine, les effets secondaires lui font tourner la tête et gonfler le ventre. Mais elle lui fait confiance et ferme les yeux à chaque injection en priant pour que ce soit la bonne.

Ce soir, les deux femmes sont en train de fumer tranquillement dans le living-room quand Oscar rentre du travail. Cherry s'empresse d'éteindre sa cigarette et de vider son verre. D'instinct, elle sait que son mari n'aimerait pas la voir fumer et boire de l'alcool. Rapidement, elle noue autour de sa taille le petit tablier à motifs vichy bleu et blanc qu'elle avait fait tomber au sol.

Elle se dépêche d'aller saluer Oscar d'une bise sur la joue. Leur rituel marital. Une bise pour une journée de travail bien remplie. Jamais un baiser sur les lèvres, ce serait vulgaire. Une bise chaste entre époux bien sous tous rapports.

Oscar n'est pas très étonné de voir Dina dans leur canapé. Il s'est habitué à sa présence. Il trouve intéressant que sa femme ait une amie. Grâce à cela, elle ne le barbe plus avec les cancans des Bomb Wives.

Dina et Oscar ont maintenu, d'un accord tacite, une rigueur protocolaire. Ils se serrent la main. Dina ne se départit pas d'un sentiment de malaise. Elle se sent scrutée par les yeux bleus perçants du médecin. Il lui sourit mais ses yeux n'expriment aucune joie. Sa voix est douce mais son corps est tendu.

L'agente n'arrive pas à comprendre cet homme. Elle qui aime catégoriser ses cibles. Les ranger dans des petits cahiers pour ensuite rayer leur nom de la liste. Mais celui-ci est différent. Peter l'avait prévenue.

À aucun moment Oscar ne s'est montré désagréable. Il lui manifeste un intérêt poli, s'enquiert de sa santé, son dos qui doit être mis à rude épreuve par les services au *diner*, sa main qui a bien cicatrisé. Il n'est qu'affabilité policée.

Durant ses visites quotidiennes, Dina a habitué Cherry à la voir déambuler dans son intérieur. Désormais, elle peut se déplacer comme si elle était chez elle. Elle connaît parfaitement les recoins de la maison du médecin mais ses fouilles n'ont rien donné. Pourtant, elle reste persuadée qu'un tortionnaire de son espèce garderait des souvenirs de son passé. Le «Chirurgien de Buchenwald» n'effacerait pas toutes les traces de son glorieux travail dans les camps. En bon scientifique, il conserverait des notes, des photos…

La seule pièce qui résiste à Dina est justement le bureau d'Oscar. Quand elle a interrogé Cherry à ce sujet, l'épouse a répondu que son mari n'aimait pas qu'elle mette le bazar dans ses recherches. Le pauvre rapporte souvent du travail à la maison et il ne supporte pas qu'une main maladroite vienne le déranger.

Dina se retrouve donc face à une porte close et elle y pense à chaque fois qu'elle croise le médecin. Dans le sourire de l'homme et cette main qu'il lui tend, elle ne voit que cette pièce fermée qui doit receler des secrets bien gardés.

12

Le goût de la Limonana

À peine rentrée chez elle, Dina sent sa présence. Une impression de déjà-vu. Elle l'imagine assis à la même place que la dernière fois dans son fauteuil. Deux visites et il s'est déjà attribué un fauteuil.

Elle n'allume pas la lumière. Seul l'éclat du lampadaire dans la rue éclaire le couloir d'un nimbe orangé. Dina avance à pas de loup. Cette fois, elle ne se laissera pas prendre. *Fool me once, shame on you ; fool me twice, shame on me.*

Ses pieds la guident jusqu'au salon. Sa main caresse le mur pour se repérer. Il est tout près. Elle peut même discerner le haut de sa casquette qui dépasse du dossier du fauteuil. Il a fait une bêtise en reprenant la même place.

L'instinct de chasseur de Dina lui dicte que c'est peut-être un peu trop facile mais même les meilleurs font des erreurs. Elle repense aux heures passées à l'académie pour s'entraîner aux techniques de combat et de dissimulation. Aux hématomes recouvrant son corps, aux courbatures heurtant ses muscles, aux blessures aussi bien physiques que morales. Se taire et continuer. Un agent n'éprouve rien, il effectue la tâche demandée.

Dina n'est plus qu'à quelques centimètres maintenant. Elle tend la main pour attraper la casquette. Elle s'apprête à lui crier un victorieux : *Alors, qui est le plus fort ?* Mais ses doigts se referment sur du vide.

Un leurre. Elle s'est fait duper comme une débutante. Peter profite de son désarroi. Surgi de nulle part, il l'agrippe par-derrière, emprisonne ses bras et la plaque contre le dossier du fauteuil. Prise au piège, elle sent le souffle chaud dans sa nuque.

Dina se débat. C'est une combattante. D'une ruade, elle parvient à se dégager quelques instants mais c'est insuffisant. Il a des heures d'entraînement pour lui et toute sa force d'homme.

Peter reprend le contrôle et la bloque contre le mur. Il maintient fermement ses bras. La joue collée contre le papier peint, elle est prisonnière. Il pèse sur elle de tout son poids. Son torse contre le dos de la jeune femme. L'action, la lutte, la rage, ils ne vivent que pour cela. Le sang pulse dans leurs veines, leurs cœurs battent fort, leurs souffles sont rapides. Leurs corps vibrent au même rythme saccadé.

Si la force physique n'est pas du côté de Dina, il lui reste la ruse. Les femmes qui appartiennent au Bureau le savent. Quand on arrive à bout, il reste toujours le mental.

Un coup vieux comme le monde. Elle lui écrase le pied et lui donne un coup de talon dans le tibia. Un juron en hébreu échappe à Peter tandis qu'il desserre son emprise.

La nuit recouvre de son halo paisible les maisons de Rocket District. Personne ne pourrait imaginer une seconde le combat en train de se livrer dans cet intérieur cosy. Deux ombres se font maintenant face. Dina profite de l'effet de surprise, d'un geste vif, elle balaie les deux jambes de son assaillant. Il chute avec un bruit mat sur le tapis du salon.

Elle ne lui laisse pas le temps de se relever et l'enjambe. Elle le chevauche et le coince entre ses cuisses musclées. Amazone, elle maintient fermement les bras de son prisonnier. Leurs regards intenses se défient. La lutte est aussi psychologique. Deux esprits guerriers qui s'affrontent.

Peter tente deux ou trois prises mais c'est peine perdue. Il est à sa merci. Vaincu.

– Tu as de bons restes, constate-t-il avec un sourire moqueur.

Dina desserre son emprise et se dégage. Sa respiration est encore courte. Elle a gagné cette bataille et ne veut pas lui montrer qu'elle est essoufflée. Elle va allumer la lampe sur la table basse. La pièce s'éclaire et ils découvrent l'ampleur des dégâts. Un fauteuil renversé, des meubles déplacés, du papier peint déchiré.

– J'ai vingt-cinq ans, je ne suis pas grabataire…

Peter se relève.

– Tu es ici depuis un mois et demi, je voulais m'assurer que tu n'avais rien perdu de ton entraînement.

Ils rangent le salon et Dina leur verse un verre de bourbon avec une tranche de citron. Le goût acidulé leur rappelle la Limonana, cette boisson si populaire en Israël. Ils avalent le liquide ambré d'une traite. Se battre donne soif. Dina ressert une tournée. Le bourbon américain n'est rien en comparaison de l'arak qu'ils avaient l'habitude de boire après leurs journées d'entraînement mais, pour ce soir, c'est suffisant.

La pièce est sombre. Ils ont tiré les rideaux pour éviter qu'une bonne âme vienne fureter dans les parages. Dina aurait beaucoup de difficulté à justifier auprès du Cercle des affaires féminines la présence d'un homme chez elle aussi tard. Une veuve, si jeune soit-elle, se doit d'adopter un comportement respectable. Dans Rocket District, on se tient correctement et la surveillance entre voisins est le meilleur moyen d'y parvenir.

Ni Dina ni Peter n'ont eu l'idée, ou l'envie, d'allumer les autres lumières. La petite lampe sur la table basse diffuse un faible halo.

Peter, tranquillement installé dans le sofa, semble à l'aise. Il a plié une jambe sous l'autre et semble perdu dans ses pensées. Les traits de son visage ne sont plus aussi crispés, les muscles de son corps ne sont plus contractés comme ceux d'un tigre prêt à bondir pour chasser ou se défendre. Il a déposé les armes.

Par moments, Peter peut donc être un homme normal. La fulgurance de cette pensée transperce Dina. Vus de l'extérieur, ils pourraient être un couple ordinaire se relaxant après une journée de travail. Oui, ils pourraient être comme tous ces couples dans ces maisons sagement alignées. Comme Cherry et Oscar.

Dina se demande ce que ça ferait d'avoir une vie normale. Elle n'a jamais rien connu de tel. Son enfance a été bouleversée, son innocence a été piétinée par une paire de bottes nazies. Son adolescence et sa vie de femme se sont construites sur les ruines d'un champ de bataille.

Ce soir le rêve d'une autre vie traverse Dina. Elle pense à Cherry embrassant la joue de son mari pour lui souhaiter la bienvenue, à l'odeur du poulet en train de rôtir dans le four, à la chaleur de ce décor simple et accueillant, au plaisir de ne plus se sentir aussi seule le soir dans son lit.

Peter ne dit rien. Il se contente de savourer son bourbon. Dina aimerait savoir à quoi il pense mais elle n'ose pas le lui demander. Il est si imperméable, si dur, si distant. Même si sa seule venue constitue déjà une rupture dans le protocole. Néanmoins, assis là, dans ce canapé, il ressemble à un mari, un époux ordinaire.

Dans une vie normale, elle travaillerait au *diner* et lui serait mécanicien sur les fusées de la NASA. Ils rentreraient le soir et se détendraient en regardant *The Perry Como Show* à la télévision.

Mais la brume se dissipe vite dans l'esprit de Dina. Rien dans sa vie n'est normal. Cherry est peut-être la complice d'un criminel de guerre et Oscar un médecin tortionnaire ayant fait plusieurs milliers de victimes. Peter et elle ne sont pas un homme et une femme ordinaires. Ce sont des agents prêts à tout pour l'arrêter et le juger.

Pourtant, ce soir, Dina décide de faire semblant. Juste quelques minutes. Juste une soirée. Prendre cette décision lui permet de se détendre. Elle ne sait pas depuis combien de temps elle n'a pas profité d'un peu de répit.

C'est au moment où elle commence enfin à se relaxer qu'elle remarque l'alliance autour du cou de Peter. Le bijou, retenu par une fine chaîne en or, a dû s'échapper durant leur lutte. Sans se l'expliquer, Dina sent une pointe de jalousie monter en elle. Cela n'a rien de rationnel mais elle en veut à cette alliance qui interrompt sa rêverie nocturne. À cette femme qui fait partie de la vie de Peter. Une inconnue a donc réussi à percer le mystère de cet homme mélancolique.

Dina sait qu'elle n'a pas le droit d'être jalouse mais ne peut s'en empêcher. Elle n'est pas la première à voir l'homme sous l'armure de glace. La douce bulle dans laquelle elle pensait se réfugier ce soir vient d'éclater.

– Tu es marié ?

Peter a un mouvement de recul, comme si elle l'avait frappé. Dina pointe l'alliance qui repose toujours au bout de sa chaîne sur le haut de son torse. D'un geste brusque, il replace le bijou à l'abri derrière sa chemise.

– Non.

La réponse est lacunaire et ne saurait souffrir d'autres questions. Il y a quelque chose dans le regard de Peter. Ses yeux marron s'assombrissent. Les crispations de son visage trahissent un tourment intérieur. Il est un funambule au bord d'un précipice qui hésite entre sauter ou non.

Dina boit une gorgée de whisky avant de demander :

– Tu as des enfants ?

Les yeux de Peter deviennent complètement noirs. Sa mâchoire se contracte. Il serre les poings. L'homme a revêtu l'armure protectrice pour redevenir une machine sans sentiments. Dina comprend cette transformation. Seuls ceux qui ont survécu le peuvent. Elle connaît la tristesse et la colère, la rage et le désespoir de ces yeux sombres.

– Tu as été marié.

Ce n'est plus une question. Un point d'interrogation serait superflu dans le dialogue silencieux qui se joue entre eux.

Il ne répond pas. Dina se rapproche lentement sur le canapé. Leurs genoux se touchent. Un peu de chaleur humaine pour panser les blessures du passé.

Peter serre tellement fort le verre entre ses mains que Dina pense qu'il va le briser. Cela lui rappelle sa propre réaction durant sa rencontre avec Oscar. Elle ne sait pas comment réagir alors elle décide de faire confiance à son instinct. Quand on a tout perdu, il ne reste que cela. Doucement, comme on s'approcherait d'un animal blessé, elle pose sa tête sur l'épaule de Peter.

– Tu me parleras d'eux ? Un jour ? Quand tout sera terminé ?

Tout autour est calme. Ils laissent le silence de la nuit les envahir. Des rires enregistrés s'échappent des télévisions, un chien aboie contre la lune, les battements d'ailes d'une chauve-souris et au loin les fusées qui rêvent d'un espace à conquérir.

Huntsville s'endort.

13

Rocket Men

La mission a repris son cours. Dina et Peter sont redevenus des agents. Ils ont allumé toutes les lumières et le salon est maintenant totalement éclairé. Ils ont besoin de cela pour se réattribuer leur rôle de soldats.

Dina a versé deux bols de soupe Campbell à la tomate qu'ils absorbent sans même s'en rendre compte tandis qu'elle informe Peter de l'avancée de son enquête.

– Je n'ai rien trouvé qui pourrait confirmer l'identité du médecin.

– D'après les photos que tu as prises, c'est lui.

– Plus de quinze années se sont écoulées depuis Buchenwald. Un homme peut beaucoup changer pendant tout ce temps…

– Et du côté de la femme ?

Dina soupire. Ses sentiments pour Cherry sont fluctuants et ambigus. Elles se sont rapprochées durant ces semaines. Elle est tantôt émue par la candeur de cette épouse parfaite qui ne vit que pour le bonheur de son mari, tantôt agacée par sa gaucherie frôlant la mièvrerie.

– Je ne pense pas que Cherry soit au courant de quoi que ce soit.

– Tu ne « penses » pas ? répète Peter en mimant théâtralement des guillemets avec ses doigts.

Dina sait bien que ce n'est pas suffisant.

– Le Bureau a besoin de preuves pour le procès, ajoute-t-il en complétant parfaitement la pensée de Dina.

– Une pièce reste fermée à clé chez eux. Le bureau d'Oscar.

Peter s'anime. Il renverse un peu de son bol de soupe. Mais leurs préoccupations sont à des milliers de kilomètres d'une tache rouge sur le tapis.

– Tu dois absolument y pénétrer !

– Je sais !

Elle n'aime pas que Peter la traite comme une débutante. Elle sait parfaitement ce qu'elle a à faire.

Peter s'en rend compte.

– Excuse-moi. Cette mission est juste…

Il passe une main dans ses cheveux avant de reprendre :

– Prioritaire.

Dina se radoucit.

– Bientôt va avoir lieu le grand barbecue du centre spatial. Il se déroulera chez Mandy, la femme du bras droit de Wernher von Braun. Tout le monde sera présent. Sa maison n'est qu'à quelques minutes à pied, je pourrai profiter de l'occasion pour revenir et fouiller discrètement le bureau d'Oscar. Pas facile pour une serveuse de se faire inviter parmi tout le gratin mais je vais tout faire pour en être.

Peter s'assied dans un fauteuil.

– Il faut que tu découvres ce qu'il y a dans ce bureau.

– J'ai compris…

Il secoue la tête.

– Non. Tu ne sais pas. Le Bureau pense que le médecin continue ses expériences.

– Celles initiées dans les camps ?

– Oui.

– Mais la guerre est finie !

– Celle contre l'URSS ne fait que commencer.

Dina réfléchit.

– Cherry et les Bomb Wives ont parlé d'expériences sur les animaux.

– Il ne s'agit pas uniquement de cela.

Il se masse les tempes.

– Nous disposons d'informations donnant à penser que ton Oscar, Otto van Maiden, organiserait des expériences sur les habitants. Des soldats mais aussi des civils. Principalement les populations noires et défavorisées. Des tests sous couvert du secret-défense.

– Le gouvernement américain ne pourrait pas laisser passer de telles choses…

– L'opération *Paperclip* est une priorité. Tu ignores les efforts qu'ont déployés les agents des services secrets américains pour protéger leurs « recrues » contre les enquêteurs criminels du ministère de la Justice. La lutte se fait en interne, entre leurs différentes administrations ! L'US Air Force et l'US Navy se sont battues pour obtenir les faveurs des scientifiques nazis.

Peter termine sa soupe en une seule lampée. Dina n'a plus faim. Il jette machinalement un œil vers la fenêtre pour vérifier que personne ne les observe mais les rideaux sont tirés. Il sait qu'il ne devrait pas être là, ne pas s'impliquer et surtout ne pas divulguer toutes ces informations à Dina. Un agent n'a pas besoin d'en savoir autant pour exécuter une mission. Mais c'est plus fort que lui. Il doit partager sa colère, sa haine, avec elle. Il sait qu'elle saura l'accepter. Entre loups solitaires, on se comprend.

– Von Braun n'est pas n'importe qui. Dans l'administration du IIIe Reich, il avait le grade de SS-Sturmbannführer et, malgré cela, les États-Unis ont tout fait pour s'allouer ses services.

Il tire une cigarette de sa poche et en propose une à Dina qui l'accepte.

– Après-guerre, Von Braun a même pu repartir en Allemagne pour épouser sa propre cousine, âgée de seize ans de moins que lui, et l'a fait venir, accompagnée de ses parents, aux USA. Ils ont aujourd'hui trois enfants. Tous américains.

Dina souffle une volute de fumée rageuse mais se tait. Peter reprend :

– Tu as entendu parler des *Monuments Men* ?

– Le groupe chargé par les Alliés de récupérer les œuvres d'art volées par les nazis.

Peter hoche la tête.

– Mais je suis certain que tu n'as jamais entendu parler des *Rocket Men*.

Dina n'a même pas besoin de répondre. Il l'éclaire :

– Profitant de la pagaille engendrée par la fin de la guerre, le gouvernement américain a chargé les *Rocket Men* d'aller récupérer, sur la base des dires des scientifiques nazis, leur matériel, plans, machines et formules encore enfouis dans leurs laboratoires en Allemagne pour ensuite les expédier aux USA et qu'ils puissent reprendre leurs travaux.

– Il ne fallait surtout pas que ce savoir tombe entre les mains des Russes…

– Exactement ! Et pour cela, le gouvernement n'a pas ménagé sa peine. Tous les scientifiques ont été transférés avec leur famille, d'abord à Fort Bliss au Texas, puis à White Sands au Nouveau-Mexique et enfin ici à Huntsville où ils vivent tranquillement parmi la population, jouissant des mêmes droits que les Américains ainsi que d'une réputation sans tache. Nous avons intercepté des échanges dans lesquels ils se félicitaient de goûter aux fameux steaks texans…

Le bout de la cigarette de Dina est incandescent, aussi flamboyant que la lueur colérique dans ses yeux.

– Comment peut-on les accepter ? Vivre parmi eux ?

– Certains ont changé de nom comme Oscar. D'autres, comme Von Braun, sont au-dessus des lois. Ils n'en ont pas besoin.

La cigarette termine son chemin écrabouillée dans un cendrier. Peter sent la fureur de Dina, il connaît son histoire. Comme la plupart des agents du Bureau, elle est une survivante. Il ignore pourtant qu'elle est en train de se répéter la litanie de prénoms comme avant chaque combat.

Il termine son exposé :

– En 1946, l'opération *Paperclip* a été approuvée par le président Harry Truman. Elle porte ce nom en raison de la manière dont étaient identifiés les scientifiques. Par un trombone sur leur dossier.

– Un simple trombone ! Pour des milliers de victimes !

Dina enfonce ses doigts dans le canapé. Ses jointures deviennent blanches. Son cerveau fonctionne à plein régime. Ses neurones entièrement tournés vers la vengeance. Réparer la souffrance par la souffrance. La loi du talion. Œil pour œil…

– Au barbecue, ils seront tous présents. Mandy s'est vantée en nous informant que Von Braun y assisterait. C'est l'occasion de l'éliminer !

Peter soupire mais elle ne lui laisse pas le temps d'intervenir.

– Pour lui, au moins, nous sommes sûrs de son identité. Une occasion comme celle-ci ne se représentera peut-être pas !

– C'est impossible.

– Il mérite de mourir !

– Il est trop protégé. C'est un membre essentiel du programme spatial. Le directeur du projet Redstone. Il est à l'initiative de la mission *Apollo*. Un jour, il sera directeur de la NASA !

Dina se mord les lèvres. C'est toujours ainsi lorsqu'elle réfléchit. Sauf que cette fois, elle sent le goût métallique du sang couler dans sa gorge. Le sien, en attendant celui de Von Braun.

– Je pourrais placer une bombe. Ils seraient tous éliminés d'un coup.

– Trop de victimes.

Dina sent son pouls battre dans ses tempes. Elle connaît ces accès de rage et sait qu'elle doit se contenir. Ne pas devenir une bête à cause d'eux. Elle pense à Cherry, innocente, réduite en cendres à cause d'une bombe qu'elle aurait placée.

– Tu as raison.

Tout son corps s'affaisse. La tension retombe. Peter lui passe un bras autour des épaules. Il la trouve fragile tout à coup. Elle paraît plus jeune, presque une enfant.

– Je n'aurais pas dû te raconter tout ça.

Elle se redresse et repousse son bras.

– Bien sûr que si !

Il reprend son rôle d'instructeur.

– Concentre-toi sur ta mission. Ne perds pas de vue ton objectif. Il faut découvrir ce que cache le médecin.

Elle acquiesce comme une bonne élève. Elle est épuisée. Peter se lève et elle l'accompagne jusqu'à la porte de derrière. Il l'entrouvre et inspecte les alentours pour être certain de passer inaperçu. Un nuage éclipse la lune. La nuit noire sera son alliée.

Il devrait en profiter pour filer, s'enfuir telle une ombre mais il ne peut pas. Il regarde Dina qui semble perdue, assommée par la quantité d'informations reçue, par la colère et peut-être aussi par le découragement. Il lui saisit la main, délicatement. Cela pourrait suffire. Il ne s'arrête pas là. Il caresse sa paume du bout de son index. Une intimité partagée dans le creux de la main.

Dina plonge son regard dans le sien. À peine le temps de comprendre et c'est terminé. Il est parti.

14

La petite espionne

Vingt ans plus tôt, Paris
17 juillet 1942

La petite Rachel et sa famille ont connu le bonheur. Ils possèdent une jolie boulangerie-delicatessen. On y trouve les meilleures babkas de tout Paris ! Originaires de Pologne, son père et sa mère ont immigré en France au sortir de l'adolescence pour y débuter une vie de jeunes mariés. Leurs parents les ont accompagnés et ont pu voir naître la jolie petite Rachel, six ans plus tôt. Rachel signifie « brebis » en hébreu. La fillette en a la douceur mais pas le caractère docile.

Ils aiment ce pays qui les a accueillis à bras ouverts. C'est pour cela qu'ils ont du mal à comprendre pourquoi l'atmosphère s'est tendue ces derniers temps. Les gens les regardent de travers. La boutique est régulièrement vandalisée. Et puis, il y a l'étoile jaune.

La rumeur en parlait depuis un an. Eux n'y croyaient pas. Mais il a bien fallu se faire une raison quand le décret est sorti et que le port de l'étoile a été rendu obligatoire le 7 juin dernier.

Il y avait eu débat dans la famille. Les grands-parents se méfiaient. Ils disaient que c'était une mauvaise idée d'aller à la mairie chercher son étoile et de faire inscrire son nom dans un registre. Ils avaient entendu parler des pogroms en Pologne et, avec la sagesse de ceux qui ont souffert, préféraient faire profil bas. *On attend un peu, juste pour voir…*

Mais les jeunes parents n'avaient pas voulu se mettre dans l'illégalité. Ils avaient confiance et avaient prétexté une bêtise administrative de plus. La France était bien connue pour cela. *C'est juste une formalité.*

Depuis un peu plus d'un mois, l'étoile est donc cousue sur leurs vêtements. Cela n'empêche pas la petite Rachel d'aller jouer dehors ou de courir après un ballon dans les rues du 15e arrondissement, quartier animé et bourgeois. Ça aurait même pu être joli, ce jaune qui fait ressortir ses taches de rousseur.

Les bottes ont résonné en cette soirée du 17 juillet. Des pas brutaux, martiaux, qui ne souffrent aucune discussion. D'ailleurs, il n'y en a eu aucune. D'un coup d'œil, tous les membres de la famille se comprennent.

Les portes des voisins s'ouvrent brutalement et les cris répondent. Des ordres. Des gens éberlués, choqués, tétanisés.

La mère de Rachel la secoue pour l'obliger à lui faire face. *Tu dois te cacher.* Rachel résiste, elle ne comprend pas le drame qui va se jouer. À six ans, la cruauté n'est pas encore acquise.

Sa mère la force à se blottir dans un petit buffet. C'est à peine si elle a la place. Rachel aime jouer les espionnes et se cache souvent dans le meuble pour écouter les conversations des adultes. Des secrets auxquels elle n'entend rien mais qui lui paraissent importants. Il faut dire que le meuble est parfait pour le jeu avec ses portes en cannage de rotin qui laissent voir l'extérieur sans se faire voir à l'intérieur.

Mais à ce moment-là, Rachel n'a pas envie de jouer à l'espionne, elle veut rejoindre ses parents. Elle tente de repousser les portes mais sa mère les maintient fermées. C'est la première fois qu'elle se montre si stricte. Rachel pousse alors de toutes ses forces et, à son grand soulagement, les portes s'ouvrent.

Des cris parviennent de l'escalier. Les bottes se rapprochent. Sa mère fait alors quelque chose d'unique, un geste qu'elle n'avait jamais eu auparavant. Ses yeux sont fous, ils expriment autant de détresse que de détermination. Une gifle. La première et la dernière de la vie de Rachel.

Sa mère a le visage baigné de larmes comme si c'était elle qui l'avait reçue. Elle les essuie d'un geste brusque et attrape la petite par les épaules. *Quoi qu'il se passe, tu fermes les yeux, tu te bouches les oreilles et tu ne parles pas.* Elle referme les portes du buffet sur une fillette tétanisée mais obéissante. Pas le temps pour un dernier baiser, pas la place pour une dernière caresse dans les cheveux.

Des ordres. Des cris. Alors, les rumeurs étaient vraies. Des camions stationnent en bas de la rue pour emmener les habitants de l'immeuble. Pas besoin de valises. Certains voisins, désespérés, préfèrent se jeter par la fenêtre. On entend des bruits d'os brisés et leurs gémissements. Si le choc de la chute n'a pas été assez violent, les militaires se chargent de les achever.

Les nazis n'ont pas le loisir d'enfoncer la porte d'entrée. Le père de Rachel l'ouvre. Il se tient droit, digne. En protecteur de la famille. Il est surpris, cependant. C'est la police française. Des gendarmes français en uniforme bleu sont accompagnés d'un officier nazi en kaki et brassard à croix gammée. Le régime de Vichy les a trahis.

Le silence règne soudain. Pendant une seconde, qui semble durer une éternité, tout le monde reste immobile. Les regards se jaugent, les destins se jouent. Les Français baissent les yeux et laissent l'Allemand prendre la suite. Il donne un coup d'épaule au père pour s'avancer vers la mère. Dans un français parfait, à peine teinté d'accent germanique, il lui dit :

– Tu es une belle femme.

Elle reste stoïque. Le regard droit.

Il s'avance encore.

– Il paraît que les Juives sont soumises au lit.

Provocation facile mais efficace. Le père de Rachel peut supporter l'humiliation de se faire molester mais pas qu'on s'en prenne à l'intégrité de sa femme. Il se jette sur l'officier qui n'attendait que cela. Deux coups de matraque dans les genoux suffisent à le faire plier.

– C'est trop simple avec vous, vous êtes si prévisibles.

L'homme de la maison est à terre mais ses yeux lancent des éclairs. L'Allemand apprécie ce petit jeu, il aime quand ça dure un peu. Au moins, ceux-là ne se sont pas jetés par la fenêtre. Il déteste la servilité de cette race inférieure à la sienne. Des gens policés, trop bien élevés qui ne font jamais de vagues. Des sournois.

La femme est belle, cependant. Malgré ses traits judaïques, son nez busqué et ses grands yeux noirs. On est loin des images de propagande diffusées par le Führer. Des Juifs au nez et aux doigts crochus, des mères qui dévorent leurs enfants.

Il s'avance vers elle. Le père de famille essaie de se relever mais un gendarme l'en empêche. *Ils sont bien pratiques ces policiers français, finalement.* Au début, il ne « goûtait guère » leur présence. Il se félicite de ce vocabulaire bien choisi pour le pays de la gastronomie.

L'officier nazi se targue d'être un homme éclairé et un amateur d'art. Un humaniste en quelque sorte. Une fois le travail de purge effectué et la racaille juive éliminée, il ne restera que la pureté.

Il aime l'art mais doit admettre que les Juifs l'ont déçu. Ils ne sont pas à la hauteur de leur réputation. C'est à peine s'il a pu récupérer, lors d'une rafle, une gravure de Rembrandt qu'il a glissée dans sa poche. La propagande montre le Juif comme un riche banquier, un spéculateur entassant des œuvres d'art au-dessus de son magot.

Pour l'instant, un Rembrandt donc, une petite toile de Klimt également et un Munch. Il sait que Munch est considéré par le Reich comme un « dégénéré » mais il faut parfois savoir faire une entorse au règlement.

Le nazi se concentre sur la femme. Il attrape un couteau à cran d'arrêt dans la poche de son pantalon. Il appuie sur un bouton et la lame sort. Brillante, aiguisée, impatiente, assoiffée.

De la pointe de son couteau, il fait sauter un à un les boutons en nacre du chemisier de la femme. Elle attrape les pans de tissu et se couvre la poitrine du mieux qu'elle peut mais ne le gratifie pas d'un regard.

Rachel n'a pas écouté les conseils maternels. Elle observe et écoute tout ce qui se passe. Derrière sa maigre protection de rotin, elle tremble. Elle n'a que six ans mais comprend que les méchants de contes de fées existent dans la réalité.

L'homme renifle le cou de sa mère qui n'arrive pas à réprimer une moue de dégoût.

– Vous sentez toutes pareil !

Personne n'a vu venir la suite. Personne ne l'avait anticipée. Même les contes de fées ne racontent pas cette histoire.

Un coup de couteau et le chemisier blanc devient carmin. Une tache rouge qui s'agrandit tel un tremblement de terre dont l'épicentre serait le bas-ventre de sa mère. La terre tremble, en effet. Son père s'est relevé en hurlant et s'est rué sur le nazi. Un des gendarmes français l'attrape et l'immobilise avant de le jeter dans l'escalier. Il passe par-dessus la rambarde et s'écrase sur les marches cinq étages plus bas. Le mari n'aura jamais pu dire au revoir à sa femme.

Rachel plaque ses mains sur sa bouche pour ne pas crier. Mais l'horreur est tellement puissante qu'elle la fait reculer au fond du buffet et son pied heurte la porte. Le meuble bouge un peu. Savta, grand-mère en hébreu, se place devant pour la cacher. Elle crie et s'agenouille près de sa fille dont le sang se répand sur le parquet.

L'officier a assez joué, les chats ne s'amusent avec les souris que jusqu'à ce qu'elles soient mortes. Après, l'intérêt disparaît. Il fait signe aux gendarmes d'embarquer tout le monde.

Et puis, c'est le silence. Grâce à l'intervention de sa grand-mère, personne n'a remarqué l'enfant cachée dans le buffet. La porte d'entrée reste longtemps ouverte après le départ des camions emmenant les occupants. Il n'y a plus personne pour la refermer.

Seule dans sa cachette, Rachel attend fébrilement. Elle est pétrifiée. Ses muscles ne lui répondent plus. Ses yeux sont fixés sur ceux, sans vie, de sa mère toujours au sol. Elle s'en veut. Elle n'a pas écouté sa maman, elle a tout vu, tout entendu. Mais, à partir de cet instant, elle décide de respecter sa dernière injonction : elle ne parlera plus.

Plus tard, des amis de la famille viendront la récupérer. Rachel ignore comment ils ont su qu'elle était là et même combien de temps elle est restée ainsi sans boire ni manger, prostrée dans un placard devant le cadavre de sa mère.

Ils respecteront son silence. Ils lui expliqueront que ses grands-parents ont été détenus dans le Vélodrome d'Hiver pendant cinq jours. Elle ne saura rien des conditions terribles, d'hygiène déplorable, presque sans eau ni nourriture. Pourtant, Savta aura réussi à passer le message à ces amis qui viendront chercher Rachel. La petite fille n'apprendra jamais que la savoir entre de bonnes mains, saine et sauve, et non parmi les treize mille enfants raflés, sera la dernière pensée dans le train qui les conduira elle et son mari à Birkenau.

Sa famille d'adoption s'échappera aux États-Unis. Un nouveau pays pour commencer une nouvelle vie. Un pays ami, un pays d'accueil, un pays qui défend les droits de tous.

Pendant deux ans, Rachel obéira à sa mère et restera muette. Puis, enfin, à force de patience et de bienveillance, les mots recommenceront à sortir. Mais, jamais plus, elle ne reparlera français.

En 1946, sa nouvelle famille partira vivre en Israël, terre promise autant que convoitée. Là-bas, ils peuvent être qui ils veulent, pratiquer leur religion et parler leur langue. Ils se reconstruisent une vie mais Rachel n'oublie pas la petite espionne tapie au fond d'un buffet.

Elle grandit avec un sentiment de haine profonde, une soif de revanche. Adolescente, rien ne lui fait peur, elle teste sans arrêt ses limites. La mort n'est pas une ennemie, elle devient un moyen.

Jeune adulte, Rachel est insensible à la douleur. Elle renie toute émotion. C'est ce qui la fera remarquer par le recruteur du Mossad. Une nouvelle vie commence. Une vie d'agent.

Sa mère s'appelait Hannah ; le petit frère encore dans son ventre, David ; son père, Ismaël ; sa grand-mère Esther et son grand-père, Saul.

Hannah, David, Esther, Ismaël, Saul.

15

Martin Luther King

10 juin 1961

Lorsqu'elle pénètre ce matin dans le *diner*, Dina perçoit immédiatement une tension. Même le carillon de la porte ne semble pas aussi joyeux. Le juke-box est éteint. Les sièges sont vides. L'atmosphère est tendue.

Avery et Tyler sont en train de se disputer. Pas une de leurs chicaneries habituelles, une vraie dispute. Avery a les traits crispés. Elle est manifestement inquiète. Inquiète et en colère.

Tyler, d'ordinaire doux comme un agneau, est contrarié et le manifeste vigoureusement. Il se tient droit et dépasse d'au moins deux têtes sa patronne.

Ils sont tellement concentrés sur leur discussion qu'ils ne remarquent pas l'arrivée de leur serveuse.

– C'est beaucoup trop dangereux, énonce Avery en pointant un doigt accusateur sur Tyler.

– Je suis obligé.

– Non, justement !

– Je ne peux pas rester les bras croisés. Il faut que les choses changent.

– Laisse faire les autres.

Tyler soupire.

– Tu ne peux pas comprendre.

Avery est outrée par cette dernière remarque.

– Moi ! Je ne peux pas comprendre ? Et pourquoi ?

Il passe une main dans ses cheveux crépus.

– Parce que tu n'es pas noire.

Elle lève les bras au ciel.

– Ne suis-je pas toujours la première à te défendre ?

Tyler semble soudain fatigué. Il s'assied sur un tabouret du bar.

– Bien sûr et je t'en remercie. Malgré tout, tu ignores ce que c'est que d'être un homme noir en Alabama, d'avoir peur des rondes de police ou de passer devant des arbres qui ont servi à des lynchages et des pendaisons. Tu ne crains pas de tomber sur un membre du Ku Klux Klan en rentrant chez toi.

Ses yeux noirs s'assombrissent encore.

– Tu n'as pas à aller au fond du bus pour laisser les sièges aux Blancs ou à emprunter des toilettes insalubres parce qu'ils trouveraient inconcevable de les partager avec toi. Tu n'as pas à supporter les remarques et les injustices. Personne ne t'appelle « négro » comme s'il s'agissait d'un simple mot et non d'une insulte.

Il place sa main aussi large qu'une poêle à frire sur l'épaule de son amie.

– Tu es blanche.

Avery essuie avec brusquerie une larme à l'aide du torchon qui ne quitte jamais la ceinture de son uniforme orange.

– Personne n'est parfait.

Les deux sourient malgré la tension. Tyler sait bien qu'Avery ne fait que s'inquiéter pour lui. Elle le couve comme une mère poule. Pourtant, il y a bien un moment où l'oiseau doit quitter le nid pour prendre son envol. Et, Tyler sent que ce moment est venu.

Il ne supporte plus les injustices. Il a la chance de bénéficier de la protection de sa patronne et de travailler dans le quartier le plus huppé de tout Huntsville. Rocket District est à part. Ses amis, ceux qui ont des emplois dans d'autres parties de la ville, lui racontent quotidiennement les brimades dont ils sont victimes.

La colère monte et Tyler a envie, besoin même, de s'engager. Il a compris que si l'on veut que les mentalités évoluent, il va falloir leur forcer la main. Ça tombe bien, il n'a jamais eu peur de retrousser ses manches.

Dina profite de cet intermède pour s'avancer vers eux.

– Que se passe-t-il ?

Avery désigne Tyler.

– Cet idiot s'est engagé au CSC.

– Qu'est-ce que c'est ?

Tyler lui répond :

– Le Community Service Committee. Un groupe créé pour soutenir la population noire et lutter contre la ségrégation.

– C'est bien ! le félicite Dina.

Avery lui donne un coup de torchon.

– Non, ce n'est pas bien. Il risque de se faire arrêter ou pire, tuer.

Tyler tente de relativiser les choses.

– Le Committee organise principalement des actions pacifistes. Nous voulons marquer notre mécontentement. Cela fait trop longtemps que nous courbons l'échine en attendant que ça change. Nous en avons assez d'être des citoyens de seconde zone. Plusieurs sit-in ont déjà eu lieu l'année dernière à Greensboro en Caroline du Nord ou à Nashville dans le Tennessee.

Tyler se relève. Son regard est direct, il se tient droit, comme investi d'une mission.

– Le 14 novembre dernier, Ruby Bridges a été la première enfant noire à intégrer une école de Blancs. Elle a dû être escortée par la police pour entrer dans l'établissement qui était encerclé de manifestants qui ne voulaient pas qu'une enfant « de couleur » se mêle aux leurs. Vous trouvez normal qu'une petite fille ait à subir cela ?

Les deux femmes secouent la tête.

– Non, bien sûr que non, répond Dina.

Elle se reconnaît dans la colère qu'elle lit dans les yeux de son ami. Elle sait que la quête d'une race pure, une race blanche, détruit tout sur son passage. Une quête aussi vaine que stupide mais qui a coûté et coûte encore des milliers de vies.

Tyler reprend :

– Nous organiserons des marches, des sit-in, des manifestations. Tout pour être enfin entendus. Le président Kennedy nous soutient mais il reste des centaines de sénateurs et de militants racistes qui refusent d'appliquer les lois anti-ségrégation.

Avery a toujours les mains posées sur les hanches mais son expression montre qu'elle comprend la détermination de Tyler qui poursuit son explication :

– Martin Luther King a promis de venir faire un discours l'année prochaine. Vous vous rendez compte ? Le grand docteur King à Huntsville ! Sa venue marquera les esprits.

Les deux femmes acquiescent. Fort de cet assentiment silencieux, Tyler continue :

– Le Community Service Committee a basé sa stratégie sur une guerre psychologique. Les leaders blancs de Huntsville craignent que le développement du mouvement pour les droits civiques oblige la NASA à déménager. Vous imaginez Huntsville sans Rocket District ? Sans le bruit constant des explosions des réacteurs ? Sans les projets Redstone et Mercury ? Sans les scientifiques et leurs recherches qui apportent richesse et prestige à la ville ?

Il hoche la tête comme s'il venait de se convaincre lui-même.

– Nous ferons tout pour leur mettre la pression et nous faire entendre. Il est temps.

Tyler est parvenu à convaincre son auditoire. Avery lui donne un coup de torchon sur l'épaule pour manifester son attachement.

Le carillon retentit. Parfaitement à l'heure, réglées comme un coucou, les Bomb Wives pénètrent dans le *diner*.

Avery a retrouvé toute sa pugnacité.

– Quand on parle de la fusée, on en voit le réacteur.

16

Petite idiote

Les femmes se dirigent vers un box près de la fenêtre. Chacune prend sa place. Cette arrivée marque la fin de la discussion entre Tyler, Avery et Dina. Le service commence, la vie reprend son cours. Tyler se sent soulagé d'avoir pu expliquer son point de vue.

Avery est toujours contrariée mais, comme toute mère poule, elle est aussi tiraillée entre la fierté et la peur que son poussin se retrouve confronté à plus fort, plus vicieux que lui. Jamais elle ne l'avouerait mais son géant noir est le fils qu'elle n'a pas eu. La nature lui a peut-être refusé cette chance mais la vie la lui a accordée en le mettant sur son chemin. Deux destins contrariés qui s'unissent pour parcourir un bout de chemin ensemble. Et, au fond d'elle, Avery craint que ce chemin ne prenne bientôt fin.

Elle affiche sa moue habituelle de gentille brute.

– De toute façon, je râle simplement parce que je crains de perdre mon meilleur cuisinier…

Tyler et Dina rient et se moquent gentiment. La crise est passée, il est temps d'aller servir ces dames. La serveuse s'empare d'une cafetière chaude pour remplir les mugs vides. Elle accomplit sa tâche de manière automatique, ses pensées sont ailleurs. Elle s'inquiète pour Tyler et songe à Martin Luther King. Ce pasteur qui, à sa manière, est comme elle un combattant. Ses armes à lui ne sont pas le krav-maga et les exécutions mais la non-violence et les mots. Deux combats pour lutter contre l'inégalité, pour redresser les torts du passé.

Elle verse le café chaud aux Bomb Wives sans vraiment prêter attention à leur discussion.

– Le même eye-liner qu'Elizabeth Taylor, se vante Mandy.

– Avez-vous été au nouveau cinéma qui vient d'ouvrir ses portes ? demande Cherry.

– Oh ! Je ne vais plus au cinéma depuis que j'ai vu *Psychose* l'année dernière. Je reste traumatisée ! se plaint April.

– La scène de la douche, j'en tremble encore, renchérit Trudy.

– Quelle honte surtout ! La censure aurait dû l'interdire, sanctionne Mandy. Il est inconvenant d'apercevoir Janet Leigh en sous-vêtements.

Distraite, Dina renverse un peu de café sur la manche du chemisier de Mandy.

– Petite idiote ! Tu ne peux pas faire attention ?

Dina s'excuse mais le mal est fait. Mandy retrousse sa manche pour examiner l'étendue des dégâts. Une auréole marron s'incruste déjà dans la soie jaune pâle.

Mandy se lève brusquement. Elle bouscule les femmes sur son passage et jette un œil noir à Dina tout en se dirigeant vers le fond du *diner*.

La serveuse essuie rapidement le reste de café renversé sur la table et s'éclipse. Elle rejoint Mandy dans les toilettes, déjà en train de frotter avec du savon la tache sur son chemisier. La pièce est petite et la lumière jaune du plafonnier lui donne un teint verdâtre. Ses yeux lancent des éclairs. Elle frotte rageusement la soie qui, sans nul doute, n'apprécie pas ce traitement. Quelques bouloches apparaissent déjà.

Dina ne sait pas comment réagir.

– Laisse-moi t'aider, lui propose-t-elle en avançant d'un pas.

L'autre lui intime de rester sur place d'un geste de la main aussi sec qu'une gifle.

– Tu en as déjà assez fait comme ça !

Mandy frotte de plus belle. La tache brune s'est muée en auréole claire sur la soie qui menace de se trouer. Le chemisier est fichu mais, aveugle à cela, Mandy continue à s'agiter. Dina voit en cette agitation l'expression d'un tourment intérieur. Elle lui attrape le bras pour l'empêcher de continuer.

Mandy pince les lèvres. Elle paraît hésiter une minute, puis se reprend.

– Tu n'as rien à faire ici. Je n'ai pas à côtoyer une simple serveuse. Ce n'est pas parce que Cherry a insisté pour que tu assistes aux réunions du Cercle que nous appartenons au même monde.

Dina fait un gros effort pour rester calme.

– Je cherche simplement à t'aider.

Mandy la toise d'un regard dédaigneux.

– Je n'ai pas besoin qu'on m'aide. Reste à ta place !

Elle sort de la poche de son pantalon un petit poudrier en argent et commence à se remaquiller. Elle lui lance :

– Regarde-toi et regarde-moi.

Mandy a une moue mauvaise sous son rouge à lèvres.

– Tu ne comprends rien, ma pauvre. Je suis extrêmement importante pour le Centre. Je suis une patriote, comme mon mari. John travaille énormément pour faire avancer ce pays dans la lutte contre le communisme. Depuis l'incident de la baie des Cochons, ils sont partout. Ils épient nos moindres faits et gestes en espérant voler notre technologie et être les premiers à marcher sur la Lune.

Elle repasse une couche de rouge à lèvres et Dina a l'impression d'assister à la préparation d'une comédienne avant son entrée en scène. Mandy est devenue une parodie d'elle-même, un rôle qui l'a tellement accaparée qu'elle en a oublié qui elle était vraiment.

Elle se recoiffe en faisant bouffer ses cheveux blonds.

– Mon mari sauvera les États-Unis d'Amérique ! Les Soviétiques n'ont aucune chance. Un jour, il aura une plaque commémorative à son nom à la NASA, j'en suis persuadée. Huntsville se souviendra de John Caine, crois-moi.

Dina est soufflée par cette suffisance. Elle réalise que Mandy n'est pas une pauvre femme étouffée par un mari qui la méprise mais un rouage, totalement consentant, du système. L'épouse est convaincue de ce qu'elle avance et rien ne pourrait la faire changer d'avis.

Mandy n'est pas une comédienne, c'est une coquille vide. Une épouse et une mère mais une femme inconsistante qui se plaît à vivre dans l'ombre d'un mari auréolé de gloire.

La manche est presque sèche et le maquillage parfait. Mandy sort des toilettes sans un mot pour Dina. Seul reste le sillage de son parfum. *Chanel N° 5*, comme Marilyn Monroe.

17

Les lois de la nature

Dina sort de l'atmosphère étouffante des toilettes et retrouve l'ambiance chaleureuse du *diner*. Le juke-box a été mis en route et laisse Bobby Rydell s'enchanter sur « Volare ». C'est un peu de joie italienne qui se déverse dans le café maintenant rempli de monde. Avery et Tyler s'activent, l'un en salle et l'autre en cuisine. Des odeurs de pain grillé, d'œufs brouillés, de bacon et de café torréfié se diffusent dans tout le restaurant.

Les bavardages vont bon train. De table en table on discute de l'épisode de la veille de *I Love Lucy* et des dernières performances musicales dans le *Steve Allen Show*.

Mais surtout, on parle du grand test prévu dans cinq jours. Une fusée Mercury devrait s'envoler avec à son bord un robot astronaute. Même si le lancement aura lieu à Cap Canaveral, en Floride, tous les scientifiques du centre spatial de Huntsville sont mobilisés pour ce grand jour. Après tout, si la fusée entre en orbite, ce sera grâce à leur réacteur.

Le barbecue à venir est aussi sur toutes les langues. Mandy est réputée pour être une organisatrice hors pair et tout le monde se réjouit d'y participer pour célébrer l'avènement de la conquête spatiale américaine.

Dina est accaparée par le service mais jette de temps en temps un œil à la table des Bomb Wives qui discutent joyeusement. Soudain, Mandy lève la main pour l'interpeller. D'un geste, elle lui enjoint de se rapprocher. La serveuse aurait bien aimé laisser à Avery le soin de cette table, au moins pour ce matin. Mais la patronne est déjà bien occupée.

Dina rejoint donc le groupe de femmes qui semble tout excité. Apparemment, Mandy leur a promis une grande nouvelle, quant à savoir en quoi cela concerne Dina, elles sont impatientes. Mandy a retrouvé toute sa superbe. L'incident n'a laissé aucune trace sur son visage lisse et parfaitement poudré. Un rayon de soleil flatte ses cheveux blonds à travers la baie vitrée. Aucune inflexion dans son regard ne pourrait trahir un malaise ou, au moins, une humanité. Une poupée parfaite.

– Dina ! Je voulais t'annoncer que je vais engager Avery pour s'occuper du buffet durant mon barbecue.

Les autres applaudissent cette excellente idée. Dina remarque que le barbecue du centre spatial est devenu celui de Mandy. Un subtil changement de déterminant et c'est une possession qui s'impose.

– Très bonne idée ! la congratule April en se faisant la réflexion qu'aucune autre femme de Rocket District n'aurait eu l'audace d'engager un traiteur extérieur plutôt que de s'occuper elle-même du buffet.

Mandy a un haussement d'épaules qui se veut modeste.

– Une bonne hôtesse se doit d'être disponible pour accueillir chacun de ses invités. N'oubliez pas que Wernher sera présent.

Les autres approuvent d'un hochement de tête tandis qu'elle explique :

– Bien sûr, je veillerai au bon déroulement de la fête…

Elle agite les bras.

– … tel un chef d'orchestre.

Les femmes rient de cette plaisanterie. Décidément, Mandy est le bon goût incarné. Cherry est la seule à ne pas manifester son enthousiasme. Alors que les autres sont déjà en train de préparer mentalement la tenue qu'elles porteront le jour J, l'épouse du médecin se demande comment faire pour inviter Dina au barbecue. L'événement est réservé aux scientifiques du centre spatial et à leur famille. Même si Dina vit à Rocket District, elle n'en reste pas moins étrangère à leur groupe.

Pourtant, Cherry ne s'imagine pas aller à ce barbecue sans Dina à ses côtés. Elle appréhende déjà les réflexions qu'elle devra endurer sur sa robe qui la grossit ou fait ressortir ses bourrelets disgracieux. Avec Dina, elle se sentirait plus forte.

Mandy semble lire dans ses pensées car elle s'adresse à Dina :

– Tu seras, évidemment, parmi nous.

Cherry est immensément soulagée. Elle regarde Mandy d'un œil nouveau, peut-être qu'elle a fini par apprécier Dina, finalement…

– Je vais avoir besoin de personnel pour servir mes invités. J'ai prévu d'embaucher un groupe de Noirs pour l'occasion, tu leur serviras de renfort. Je suis persuadée que nos hommes apprécieront d'être servis par une femme blanche plutôt que des gens de couleur.

Mandy la regarde de pied en cap avec un sourire mauvais.

– L'uniforme noir et blanc que j'ai prévu t'ira à merveille.

L'affront est aussi subtil que le bruit d'un réacteur de fusée au décollage mais personne n'y trouve à redire. Mandy n'est pas en tort. Si Dina a participé à quelques ateliers du Cercle des affaires féminines, elle n'appartient pas à leur cercle social. Une femme qui travaille pour gagner sa vie n'a pas la qualité d'une épouse de scientifique. C'est comme ça, les lois de la nature.

Dina est alors partagée entre deux sentiments. D'un côté, son ego est blessé par l'outrage et de l'autre, l'agente en elle est ravie d'avoir une excuse pour participer officiellement au barbecue. Elle pourra déambuler au milieu de ces nazis reconvertis en génies de la conquête spatiale américaine.

Surtout, elle pense déjà au subterfuge qu'elle inventera pour s'éclipser et aller forcer la serrure du bureau du médecin. Cette satisfaction vaut bien toutes les provocations de Mandy. Les secrets ne sont plus loin d'être révélés. Rocket District va bientôt exploser.

18

Retour de flamme

15 juin 1961

L'effervescence est à son comble. Elle est palpable. L'air de Rocket District n'a plus la même odeur. D'ordinaire on y sent le kérosène et la fumée des réacteurs, aujourd'hui c'est l'excitation et l'appréhension.

Le lancement de *Mercury* est prévu dans quelques heures. Tous les hommes du centre spatial doivent être sur le pont. Ils sont en liaison avec Cap Canaveral qui peut leur poser, à tout moment, une question technique dont dépendra le bon déroulement du vol en orbite.

L'équipe médicale, dont Oscar est le chef, est aussi mobilisée. Même si ce vol ne sera pas habité, le robot astronaute qui tiendra place de pilote enregistrera toute une foule d'informations qui leur sera très utile.

Les maisons du district vrombissent donc en cette matinée comme autant de ruches. Les épouses s'activent en cuisine afin de préparer à leurs maris le solide petit déjeuner qui leur permettra de vaincre les Soviétiques.

La guerre froide se gagnera peut-être devant une assiette d'œufs au bacon.

Le temps est clair et dégagé. Parfait pour un lancement réussi. Une température un peu élevée pour la saison, déjà vingt-trois degrés au réveil. La journée s'annonce aussi chaude que palpitante.

Les voitures ont été lustrées en prévision de ce grand jour. C'est toujours comme cela les jours de lancement. On tond les pelouses et on fait briller les chromes des véhicules. Tout doit être parfait. Une sorte de mécanique bien huilée mêlée de superstition.

Les femmes se sont levées plus tôt afin de se préparer sans déranger leurs époux. Vêtues d'un déshabillé d'intérieur en soie et mousseline, des petites mules à pompons de fourrure aux pieds, elles sont déjà parfaitement maquillées, coiffées et parfumées. On ne voudrait pas imposer aux hommes la vision d'une souillon avant d'aller travailler.

Les enfants, en culottes courtes avec le retour des beaux jours, jouent dehors. Bicyclettes et ballons permettent de patienter en attendant le bus scolaire. Fidèles à leurs habitudes, John-Ross et Suzie, les enfants de Mandy, sont impeccables. Ils jouent aux cartes, sagement assis en tailleur sur le trottoir plutôt que de risquer de se salir avant l'école. La petite a les cheveux rassemblés en un chignon parfait aussi lisse qu'une patinoire tandis que ceux de l'aîné sont séparés par une raie au milieu aussi rectiligne que le pont George-Washington. Mandy sort à l'instant pour un dernier baiser à son héros de mari avant qu'il ne quitte la maison. C'est l'image de la famille parfaite offerte à tout Rocket District. Une pièce de théâtre bien rodée.

Les hommes sont partis. Les femmes sont à présent libres de vaquer à leurs occupations domestiques. Ranger, laver, trier, cuisiner, faire les courses. C'est le moment que choisit Dina pour aller rejoindre Cherry pour leur désormais traditionnel petit déjeuner.

Ce matin, elle a une idée. Quelque chose qui lui trotte dans la tête depuis un moment. À force d'entendre les autres se moquer de Cherry et de la voir engoncée dans des robes à fleurs trop sages.

Entre deux toasts au beurre de cacahuètes, elle lui propose :

– Je ne travaille pas aujourd'hui. Si nous allions faire du shopping ?

Cherry semble aussi surprise que si Dina lui avait proposé de se mettre au baseball.

– Du shopping ?

– J'ai repéré quelques jolies boutiques sur Main Street.

– Tu parles de « prêt-à-porter » ?

– Bien sûr ! C'est fini maintenant la haute couture et les robes sur mesure. Nous sommes des femmes libres et dynamiques.

– Parle pour toi !

Cherry lisse sa robe plissée rose pâle. Dina se moque :

– Je ne te dis pas d'adopter le style rocker avec perfecto, jean et bottes en cuir. Mais tu pourrais rajeunir un peu ta garde-robe.

– Tu crois ?

– Oui ! La mode est au *Swinging London*.

Cherry fait la moue.

– Je ne suis jamais allée à Londres. À vrai dire, je n'ai jamais quitté le pays.

– Pense au barbecue et à l'effet que tu produirais dans une nouvelle robe qui te mettrait en valeur.

L'argument fait mouche. Cherry laisse en plan son toast à la confiture de groseilles et fouille dans une boîte à cookies en métal.

– C'est là que je range l'argent pour la semaine, explique-t-elle.

– Tu n'as pas de compte en banque ?

– Oscar n'en voit pas l'intérêt. Il me donne ce dont j'ai besoin pour gérer la maison.

Dina aimerait lui dire qu'elle a le droit de disposer de son propre argent mais Cherry est déjà passée à autre chose. Elle est en train de débarrasser la table et de tout ranger. Puis, elle se regarde dans le miroir, vérifie que son rouge à lèvres n'a pas coulé et se dirige vers le portemanteau pour attraper son chapeau. Elle interpelle Dina, restée dans la cuisine :

– Tu viens ? Il ne faut pas rentrer tard, je dois préparer le repas « spécial lancement » de ce soir.

– Un repas « spécial lancement » ?

– Une farce de dinde en forme de fusée avec des petits légumes pour symboliser les planètes. Oscar en raffole. Je te donnerai la recette, si tu veux.

Dina hausse les épaules. Les seuls hommes qui passent dans sa vie, ou dans son lit, elle les élimine. Le seul à peu près stable serait Peter et elle rit d'imaginer sa tête si elle lui servait un tel repas. Cherry interprète ce sourire comme une invitation. Elle est heureuse de pouvoir faire bénéficier son amie de ses talents culinaires. Pour une fois que son engagement est reconnu.

La porte claque et laisse sortir deux amies de bonne humeur, prêtes pour une virée shopping.

Les deux femmes arpentent maintenant Main Street. Elles inspectent les vitrines des boutiques pour décider laquelle aura leur faveur. Cherry s'extasie devant les tailleurs imitation Chanel qui ont été mis à la mode par Jackie Kennedy tandis que Dina est tentée par le style plus moderne de Natalie Wood. Elles trouvent un compromis grâce à la fraîcheur élégante d'Audrey Hepburn qui les a époustouflées dans *Le Vent de la plaine*.

De loin, Dina aperçoit quelques Bomb Wives qui se promènent. Elle se dépêche de faire rentrer son amie dans une boutique. Elle n'a pas envie que Mandy mine Cherry par ses remarques assassines. L'agente n'ose se l'avouer mais elle a fini par s'attendrir un peu et apprécier la compagnie de la femme du médecin. Elle n'en oublie pas moins sa mission mais cette atmosphère de camaraderie, sentiment nouveau pour elle, lui fait du bien. Pour une fois, elle a l'impression d'être une femme ordinaire.

Dans le magasin, Dina est à l'aise tandis que Cherry se tient sur la réserve. Elle se sent comme un éléphant dans un magasin de porcelaine. Dina sélectionne quelques tenues qu'elle lui tend.

– Tiens, essaie ça.

Cherry compare les vêtements proposés à sa robe à jupon.

– Je ne crois pas que ce soit fait pour moi.

– Tu crois que Marilyn Monroe ou Audrey Hepburn se posent ce genre de questions ?

Cherry finit par accepter le tas de vêtements et se dirige vers les cabines.

– J'ai trouvé *Les Désaxés* tellement triste, explique-t-elle en se changeant derrière le rideau. Mais Marilyn y est si poignante, si sincère…

Dina est surprise par Cherry. Pour une femme cantonnée à une seule ville, à un quartier, elle est très au fait de l'actualité cinématographique. *Les Désaxés*, sorti cette année, n'a pas reçu un bon accueil du public, Cherry fait donc partie des rares personnes à l'avoir apprécié. Elle se tient toujours au courant des dernières sorties. Elle lit les pages dédiées aux stars de cinéma dans *Vogue* ou *Harper's Bazaar*. Sans doute est-ce là le moyen qu'elle a trouvé pour s'évader, au moins de manière imaginaire, de Rocket District et de Huntsville.

– Et puis, Clark Gable est si séduisant…, continue-t-elle rêveuse.

– Je préfère Montgomery Clift.

Cette comparaison reflète bien la différence de mentalité entre Dina et Cherry. La femme du médecin, sage et effacée, est séduite par un acteur de soixante ans tandis que la fougueuse Dina lui préfère un acteur de vingt ans son cadet. Deux visions du monde différentes pour des femmes d'âge pourtant similaire. Cherry n'a que deux ans de plus que son amie mais c'est un gouffre qui les sépare.

Cherry sort de la cabine. Elle porte une jupe vert amande coupée au-dessus du genou et une veste assortie. Elle ne cesse de tirer sur la jupe pour la rallonger.

– Je ne pense pas que cette tenue plairait à Oscar, commente-t-elle avant de s'engouffrer à nouveau dans la cabine.

Dina soupire et s'assied sur un pouf en velours violet. Le rideau se tire et, cette fois, Cherry apparaît en pantalon cigarette noir, chemisier blanc et ballerines.

– C'est parfait ! s'exclame Dina qui trouve que la coupe flatteuse du pantalon fait ressortir élégamment l'arrondi des hanches de Cherry tout en soulignant sa silhouette.

La femme du médecin s'observe dans le grand miroir en pied.

– Je ne sais pas…

Elle tente d'élargir les pans du chemisier qui mettent en valeur sa poitrine généreuse.

– Je n'ai aucun pantalon. Oscar préfère les robes et les jupes.

Dina s'agace.

– Mais toi ? Que préfères-tu ?

Cherry hausse les sourcils. Elle est toujours en train de regarder son reflet.

– Ce pantalon est plutôt joli, en effet, sourit-elle.

Elle s'imagine faire une entrée remarquée au barbecue de Mandy. Quand toutes seraient engoncées dans des tenues « classiques », elle serait à son aise dans cet ensemble aussi confortable que seyant. Et puis, il faut aussi remarquer que cette coupe lui donne un petit côté séducteur qu'elle n'a jamais eu.

– Et si Oscar n'aime pas ? se renfrogne-t-elle en se rongeant les ongles.

Dina se lève et lui donne une tape sur la main comme on punirait un enfant. Elle braque un regard sérieux sur elle.

– Est-ce vraiment important ?

Cherry se considère à nouveau. Elle n'a jamais soutenu aussi longtemps son propre reflet. D'habitude, elle fuit les miroirs qui lui renvoient une image peu flatteuse et la ramènent à ses complexes. Elle pense à son mari qui ne la regarde plus comme avant, qui l'observe comme si elle faisait partie des meubles. Oui, elle est là, plantée au milieu du salon à attendre sur le tapis moelleux de lui servir un verre le soir. Cherry n'est plus une femme, elle est devenue une partie du décor. Une femme décorative.

Elle passe la main sur la soie de la chemise et pense aux traces de rouge à lèvres qu'elle trouve régulièrement sur le col de celles d'Oscar. Peut-être que si elle faisait un effort, si elle maigrissait un peu, si elle réussissait à lui faire un enfant, les yeux de son mari brilleraient à nouveau lorsqu'il la verrait.

C'est tout ce qui se joue dans cette tenue. Un retour de flamme. Un mari qui désire sa femme. Une épouse qui tente de se faire remarquer.

Puis elle pense aux remarques acides de Mandy et des autres Bomb Wives. Oscar en rajoute parfois une couche et lui lance un regard de reproche lorsqu'elle prend une part de tarte. Depuis toute petite, on surveille son poids. Sa mère, son mari, ses amis.

Elle caresse le coton doux du pantalon. Elle fait quelques pas. Pour une fois, elle se sent libre et elle pourrait presque ajouter, belle. Elle se tourne vers Dina.

– Non, l'opinion d'Oscar n'a pas d'importance, finalement. Je prends tout !

19

Puissantes et dangereuses

Oscar a téléphoné. Il ne rentrera pas avant très tard ce soir. Le repas « spécial lancement » l'attendait pourtant sur la table. Cherry contemple, déçue, sa farce et trouve ridicules ces petits légumes et cette fusée qui n'a pas décollé.

L'essai a été un échec. *Mercury* s'est abîmée en mer. L'astronaute robot ne volera pas en orbite. Quelque chose a dysfonctionné, ils sont tous mobilisés pour en trouver la cause. Oscar est réquisitionné pour analyser les répercussions du naufrage de la cabine sur le robot et en tirer les conclusions pour un corps humain.

Il lui a confié, un soir après avoir un peu trop bu, que la noyade était sa spécialité. Elle s'était un peu étonnée du terme employé : « spécialité ». Et puis, elle s'était dit qu'elle n'y connaissait rien en médecine.

La dinde-fusée refroidit donc sur la table et les légumes se noient dans la sauce. Les soirs de lancement raté sont difficiles. Les hommes rentrent tard et de mauvaise humeur.

L'épouse place le repas auquel elle n'a pas touché dans le réfrigérateur. La volaille froide, très peu pour elle.

Oscar aura peut-être faim à son retour. Elle regarde son salon parfaitement rangé, les livres de médecine alignés dans la bibliothèque, le jardin entretenu, l'eau claire de la piscine dans laquelle elle ne se baigne jamais. Elle n'aime pas se mettre en maillot de bain.

Le soleil n'est pas encore couché, les jours rallongent en Alabama. Ce sera bientôt l'été. Elle n'a pas envie de passer la soirée seule. Sur un coup de tête, elle téléphone à Dina et lui propose de venir boire un verre.

Il faut à peine cinq minutes à sa voisine pour sonner chez elle. En parfaite habituée, elle n'attend même pas que l'hôtesse lui ouvre et entre directement dans la maison. Elle se dirige vers le salon où l'attend Cherry.

D'un mouvement du menton, Dina désigne le jardin.

– Et si nous allions dehors ?

– Je peux installer des sièges, si tu veux.

– Pas la peine. Nous allons nous asseoir au bord de la piscine.

Sans hésiter, Dina retire ses sandales et va tremper ses mollets dans l'eau transparente. Cherry leur prépare un verre puis la rejoint sur la margelle. L'onde fraîche fait du bien. Cherry s'étonne de ne jamais avoir eu l'idée de s'installer ainsi. Simplement assise les pieds dans l'eau au bord de la piscine. Encore une chose que Dina lui fait découvrir.

Elle tend un verre à son amie qui regarde le liquide ambré.

– Un sherry, Cherry ? plaisante Dina.

– Du whisky. Celui d'Oscar. Il le réserve pour les grandes occasions.

Dina lève un sourcil interrogateur.

– Parce que nous fêtons quelque chose ?

– Simplement la fin d'une bonne journée.

Cherry sourit et Dina se satisfait de constater qu'elle paraît plus sûre d'elle. Une indépendance nouvelle émane de son amie et cela lui va bien. Elle l'aime bien cette Cherry toute ronde et innocente.

Elle regarde Cherry en train de siroter son whisky. On dirait une enfant qui fait l'école buissonnière. Comment réagira-t-elle quand elle apprendra que son époux est un criminel de guerre ? Le soupçonne-t-elle ? Non. Cherry est bien trop candide pour cela. Elle vit dans un monde de poupées, un monde préfabriqué où les femmes jouent le rôle qu'on leur a attribué. Être belles et se taire.

Pourtant, en cette soirée où le ciel de Huntsville se teinte de rose, Dina est fière de constater que son amie a pris confiance en elle. Cela se voit à des petits détails. Elle se tient plus droite et non voûtée comme pour essayer de se cacher. Elle sourit plus aussi et elle a osé se servir dans la réserve personnelle d'alcool de son mari.

Un silence s'installe. Un silence que ni l'une ni l'autre ne se sent obligée de combler. Elles savourent l'instant. Les grillons qui commencent à chanter, les réacteurs des fusées qui vrombissent déjà pour préparer un nouvel essai, une brise chaude sur leurs joues, l'herbe qui chatouille leurs doigts et le ciel qui leur offre un spectacle bien plus impressionnant que le décollage manqué de *Mercury*.

– Il fait encore très chaud, constate Dina. Et si on se baignait ?

Cherry, ragaillardie par cette journée, accepte et propose :

– Tu veux aller chercher un maillot de bain chez toi ?

– Qui a besoin d'un maillot ?

Dina se lève et déboutonne sa robe légère en coton blanc. Elle dévoile un corps nu avant de s'engouffrer dans l'eau d'un plongeon gracieux.

Cherry est sous le choc. Elle en laisserait presque tomber son verre sur la margelle. Elle n'a jamais vu d'autre corps que le sien. Elle n'a pas été élevée comme ça ! Chez elle, on est pudique et on réserve la nudité pour le jour où on se présentera devant le Tout-Puissant.

Elle ne connaît pas l'intimité. Même lorsqu'elle se plie au devoir conjugal, elle garde une chemise de nuit et éteint la lumière. Ces choses-là doivent se faire dans l'obscurité. Le but est de procréer, pas de prendre du plaisir. Si son époux en retire de la satisfaction, alors tant mieux, mais Cherry se contente de patienter en fixant le plafond et d'espérer que cette fois elle attendra un enfant.

– Viens ! Elle est bonne, l'interpelle la nageuse.

Cherry regarde Dina qui fait des longueurs et semble s'amuser. Elle apprécie sa camaraderie, sa franchise et cette amitié offerte sans rien attendre en retour. Alors, sous l'impulsion du moment, elle vide d'un trait son verre et se déshabille. En un seul geste pour ne pas avoir le temps de réfléchir à ce qu'elle fait, elle laisse tomber par terre sa robe et son jupon. Tant pis si l'herbe risque de laisser des taches vertes sur le tissu.

Elle se pince le nez et saute dans l'eau. Dina l'encourage et Cherry se sent aussi fière que si elle avait réussi un exploit. Après tout, se débarrasser de sa pudeur en est peut-être un.

Les deux femmes s'éclaboussent et rient aux éclats. Jamais piscine n'a été aussi joyeuse. Dans l'eau, elles ont l'impression d'être à l'abri, coupées du monde, dans une réalité qui n'appartiendrait qu'à elles.

On dirait deux sœurs. Cherry a beau être la plus âgée, c'est Dina qui endosse le rôle de l'aînée. C'est elle qui montre le chemin.

Nues dans l'eau, elles se sentent belles, fortes et sensuelles. Elles sont devenues des sirènes. Libres. Les femmes-poissons ont le pouvoir d'attirer les hommes dans les fonds marins par leur chant funeste. Ce soir, Dina et Cherry sont puissantes, et peut-être même dangereuses.

Entre deux brasses, Cherry aperçoit la grande cicatrice qui zèbre le dos de Dina. Elle l'interroge sur son origine.

– Une minute d'inattention, répond Dina.

Cherry pense d'abord qu'il s'agit d'une plaisanterie et que son amie va s'expliquer mais rien ne vient. La cicatrice a l'air de dater de plusieurs années mais la blessure a dû être grave. Une longue ligne claire est incrustée dans la peau de Dina.

– Sérieusement, que s'est-il passé ?

Dina a un air sombre.

– Je ne pense pas que tu aimerais le savoir.

Cette réponse qui sonne comme une sanction interpelle Cherry.

– Pourquoi ?

– Parce que tu crois en la bonté…

Cherry ne trouve rien à redire. Elle ne comprend pas ce qu'insinue son amie. Évidemment qu'elle croit en la bonté ! Comment le monde pourrait-il tourner, autrement ?

Un nouveau silence s'installe. Pesant cette fois. C'est Dina qui décide de le rompre.

– Considères-tu que la vérité doit primer sur le bonheur ?

Cherry est surprise par la tournure des événements. Elle sent que quelque chose d'important est en train de se jouer, que son amie essaie de lui faire passer un message. Peut-être même un test.

– Je pense, oui.

– Préférerais-tu connaître une vérité qui te rendrait triste ou bien rester dans une ignorance heureuse ?

Il s'agit bien d'un test. Cherry en est persuadée, mais pourquoi ? Tout cela lui échappe. Elle se répète la question mentalement et cherche la réponse appropriée quand elle entend le bruit de la porte d'entrée qui claque.

– Cherry, je suis rentré ! l'appelle Oscar.

Que pensera-t-il en les découvrant nues dans la piscine ? Elle s'inquiète et boit la tasse. Elle se tourne vers Dina pour trouver une solution mais son amie est déjà sortie de l'eau et ferme le dernier bouton de sa robe avec une rapidité impressionnante. Elle lui fait un clin d'œil et s'enfuit à travers un trou dans la haie. Telle une apparition fantomatique, Dina a disparu, engloutie par la nuit.

20

La dinde est sèche

Cherry remonte la fermeture éclair de sa robe quand Oscar la rejoint. Son regard étonné exprime sa surprise à la trouver ainsi au bord de la piscine. Les cheveux mouillés de sa femme forment des traînées foncées sur sa robe rose pâle et dévoilent une poitrine qui se soulève à un rythme rapide. Le jupon est un peu froissé aussi et laisse apparaître des genoux et des mollets sur lesquels quelques gouttes subsistent.

Son teint est rougi et ses lèvres d'ordinaire d'un rose sage ont pris une couleur carmin sous l'effet du choc thermique entre l'eau fraîche et la chaleur du jardin. Ses petits pieds nus laissent des traces sur la margelle quand elle vient l'embrasser d'une bise chaste.

Cherry ne se rend pas compte du trouble qu'elle crée chez son époux. Elle est encore nimbée de l'aura sensuelle offerte par ce bain. Elle est toujours une sirène capable d'attirer le marin vers le fond. Elle ignore son pouvoir et cela rend le contraste entre son regard innocent et son corps alangui encore plus perturbant pour Oscar.

Après une journée aussi chargée, placée sous le sceau de la défaite américaine, il s'attendait à rejoindre une épouse bien sage qui lui ferait réchauffer une dinde-fusée dans le nouveau four Hotpoint qu'il lui a offert. Il ne pensait pas se trouver face à une naïade aux joues rougies par l'effort.

Oscar est perturbé de trouver son épouse, d'ordinaire si docile et fragile, désirable. Il ne sait d'ailleurs pas s'il aime ça. Cherry n'est pas destinée à être désirable. C'est un petit fruit tout rond que personne ne doit croquer. Une femme au foyer ne doit pas inspirer la sensualité, c'est contraire à toutes les règles élémentaires de la vie en société.

Il regarde sa taille marquée par la ceinture de la robe et la fermeture éclair qu'elle n'a pas réussi à remonter jusqu'en haut, laissant un dos encore humide sécher sous la brise tiède.

D'un côté, il apprécie ce nouveau sentiment inspiré par sa femme. Il sent le désir monter en lui. Un désir qu'il ne ressent jamais pour son épouse.

De l'autre, cela lui déplaît. Ce n'est pas normal. C'est lui, l'homme. Son épouse ne devrait avoir aucune emprise sur lui. Les rôles sont inversés et il n'aime pas ça.

Il a l'habitude d'avoir des aventures avec des secrétaires, des serveuses, des caissières ou des prostituées. Des femmes jeunes, soumises et qui voient en cet homme plus âgé un père de substitution. Il aime les dominer. Il en a besoin. Pour avoir du plaisir, il faut savoir faire mal.

Et là-dessus, il n'a aucune difficulté. Il les emmène dans des petits hôtels sordides en bordure de la ville. Il les allonge sur le lit qu'il n'a même pas pris la peine de défaire.

Leur enserre la gorge, les écrase de son poids. Il aime bien quand elles se rebiffent un peu, ça met du piquant.

Alors, il leur maintient les bras et leur montre qui est le patron dans cette chambre glauque. Il serre toujours plus fort jusqu'à ce qu'un voile apparaisse devant leurs yeux. Puis, il les renverse violemment et les possède totalement, elles n'ont plus la force de résister mais il sait, qu'au fond, elles aiment ça.

Il les laisse exsangues sur le dessus-de-lit froissé, fier de leur avoir montré ce qu'un homme, un vrai, sait faire.

Oui, il aime dominer. Il observe la gorge de Cherry, si blanche, si fragile. Il s'imagine en train de la serrer entre ses doigts puissants. Mais il ne peut pas faire ça avec elle. Les rôles sont distribués. Il est le bon mari et elle est la bonne épouse. Chacun sa place dans le spectacle de la vie maritale.

Ensemble, ils cherchent à procréer. Grâce aux injections qu'il lui fait tous les mois, il sait que Cherry portera bientôt son enfant. Il aura un fils qu'il appellera Junior. Ils iront chasser et pêcher. Il lui apprendra à devenir un homme.

– Tu veux ton repas spécial lancement ? propose Cherry en se recoiffant avec les doigts.

– Oui.

L'ordre naturel des choses reprend ses droits. Cherry n'est plus une sirène mais une femme d'intérieur qui va nourrir son époux après une journée bien remplie.

Oscar se déchausse et enfile ses pantoufles avant de s'installer devant la télévision. Tandis que les effluves de volaille envahissent la maison, il se sent à nouveau maître de lui-même. Maître en sa demeure.

Cherry s'agite en cuisine pour essayer d'oublier le trouble qu'elle a lu dans le regard d'Oscar. Elle n'a pas aimé la lueur qu'elle a pu y lire. Une lumière sombre, un feu noir prêt à la consumer. Elle s'est sentie salie par ce regard.

Elle repense à son nouvel ensemble, celui choisi dans l'après-midi avec Dina. Elle qui espérait un retour de flamme grâce à ce joli pantalon et à sa chemise en soie blanche n'est plus certaine d'en avoir envie, finalement. Les flammes brûlent, elle s'en rend compte, maintenant.

Elle verse un peu de jus sur la dinde, Oscar déteste quand la dinde est sèche. Elle sort une assiette et la rattrape de justesse avant qu'elle s'écrase au sol. Ses mains tremblent. Elle doit se calmer. Elle se fait des idées. Comme le lui répète Oscar, elle va trop souvent au cinéma. Cela finit par lui monter à la tête.

Elle dispose les petits légumes comme autant de planètes dispersées dans un système solaire de sauce brune. Du salon, elle entend son mari rire devant la série *Father Knows Best*.

Elle repense à la question de Dina : *Considères-tu que la vérité doit primer sur le bonheur ?* La vérité a affleuré ce soir dans le regard noir d'Oscar. Cherry n'est pas idiote. Elle sait que son mari a des secrets. Qu'il n'est peut-être pas normal qu'il lui interdise d'entrer dans son bureau ou bien qu'il ne lui parle jamais de son passé. Son homme a des zones d'ombre mais elle les a acceptées en l'épousant.

Chacun a le droit d'avoir son jardin secret. C'est même plutôt sain. Mais alors, pourquoi se sent-elle si mal à l'aise ?

Peut-être parce qu'elle n'a pas de jardin secret, elle. Que se passe-t-il si dans un couple, le mari a des secrets mais que sa femme n'en a aucun ? L'équilibre est-il alors respecté ? Ne peut-on avoir la vérité et le bonheur ?

Ces pensées lui font tourner la tête et un mal de crâne menace. Elle se masse les tempes. Trop de cinéma. Trop de films dans son esprit embrouillé. Elle se concentre sur le dressage. Verse un verre de vin. Tout est prêt.

Elle inspire à fond.

– Le repas est servi !

21

Cinq secondes

Cinq ans plus tôt
15 août 1956, Tel-Aviv, Israël

Rachel a vingt ans. Elle ne s'appelle pas encore Dina. La vie est plutôt douce sous le soleil israélien. Les ruelles de la vieille ville de Jaffa offrent une ombre bienvenue. Rachel aime s'y promener. Elle déambule entre les échoppes et prend le temps de siroter un jus d'orange frais.

Elle regarde sa montre. Il est temps de rentrer. Elle décide de passer par le port pour profiter des embruns. L'air iodé lui fait du bien.

Elle marche beaucoup. Cela inquiète sa famille. Elle traîne longtemps dehors, même le soir. Comme si elle ne craignait rien. Comme si elle attendait que quelque chose se passe. Mais quoi ? Rachel n'a pas d'attentes, n'espère rien.

C'est sur la grève que son destin va se jouer. Un homme l'aborde. Rachel ne s'en étonne pas, n'est pas effrayée. Depuis ses six ans et la mort de sa première famille, elle ne ressent rien. C'est un robot dissimulé sous des traits de jeune femme.

L'homme lui explique qu'il l'a remarquée. Elle pense qu'il s'agit d'un chasseur de têtes, un photographe en quête de mannequins pour poser, un sourire figé aux lèvres, en couverture de magazines. Elle le repousse poliment. Il rit de sa supposition et lui explique que, lui, il chasse d'autres têtes : celles des nazis.

Le mot est quasiment interdit. On ne l'emploie pas. On essaie de se reconstruire une vie en oubliant les horreurs du passé. Ici, sur le sable de la Terre promise, on se pense à l'abri. Cette entorse à la règle tacite a le don d'éveiller l'intérêt de Rachel.

Il lui dit qu'il travaille pour l'Hamisrad, le Bureau.

– Quel bureau ?

Il rit de nouveau. Cet homme a une fâcheuse tendance à se moquer.

– Celui créé en 1948, en même temps que l'État d'Israël.

Rachel n'a pas l'air de comprendre, alors il poursuit :

– Celui qui s'est donné pour mission de protéger Israël et les Juifs dans le monde.

Les yeux de la jeune femme s'agrandissent de surprise.

– Le Mossad ?

Il ne répond rien et se contente de lui tendre une carte sur laquelle aucun nom n'est indiqué, simplement une adresse, un jour et un horaire. Rachel voudrait en savoir plus mais l'homme a déjà tourné le dos. Il s'éloigne aussi mystérieusement qu'il est arrivé.

Deux jours plus tard, Rachel va au rendez-vous. Elle n'a rien à perdre, rien à gagner. Ses journées sont vides.

Ses nouveaux parents veulent qu'elle s'inscrive à l'université mais rien ne l'intéresse. À quoi bon étudier la biologie, l'anthropologie ou la philosophie quand tout est voué à disparaître ?

L'endroit ressemble à un hangar désaffecté. Elle vérifie l'adresse sur la carte mais elle ne s'est pas trompée. Il n'y a pas de porte, juste le rideau coulissant d'un garage. Elle doute. L'homme était-il fou ? Elle regarde autour d'elle s'imaginant être tombée dans un traquenard. Rien. Les rues sont désertes.

Rachel n'hésite pas longtemps, elle a envie de tirer cette affaire au clair. Elle se baisse pour attraper la poignée et soulève le rideau qui coulisse en faisant grincer ses rayons. Elle découvre alors une salle obscure. Il faut un certain temps à ses yeux pour s'habituer à la pénombre. Enfin, elle discerne deux silhouettes au fond de la pièce. La première s'approche d'elle, il s'agit de l'homme de la plage. Il lui tend la main.

– Félicitations ! Vous venez de passer le premier test.

Un deuxième homme les rejoint. Il est plus jeune que le premier et doit avoir dix ans de plus que Rachel.

– Je suis Peter, ton instructeur.

La suite se passe extrêmement vite. On l'emmène dans une salle annexe équipée de chaises et d'un rétroprojecteur qui diffuse des diapositives. Plusieurs personnes sont déjà installées. En grande majorité des hommes.

L'après-midi est consacré à l'histoire du Bureau et à ses missions. Peter explique au groupe que le Mossad est constitué en grande partie de rescapés. Environ un tiers de ses rangs a survécu aux camps. Ils se sentent donc investis de trois missions : protéger les leurs, éviter qu'une telle atrocité se reproduise et punir les coupables.

– Notre volonté, explique l'instructeur, est tout simplement de faire de vous les meilleurs agents au monde.

La journée se termine et les participants se dispersent. Demain cet endroit redeviendra un hangar désert, plus aucune trace de cet événement, pourtant capital, ne subsistera.

Rachel attend que tous soient partis pour demander à Peter :

– Pourquoi ?

– Pourquoi quoi ? Tu n'as rien écouté de ce que j'ai raconté ?

Son ton est froid et sec. Il n'a pas de temps à perdre avec une recrue inattentive.

– Pourquoi moi ?

Les yeux de l'instructeur s'illuminent d'un éclair nouveau.

– Nous t'avons surveillée. Tu es forte, indépendante, pleine de rage et surtout, tu n'as absolument rien à perdre.

Cette énumération pourrait sonner comme une sanction dans n'importe quelle autre bouche. Combien de fois sa famille s'en est-elle inquiétée ? Mais, chez Peter, cela ressemble presque à un compliment. Une reconnaissance. Un point commun.

La formation débute une semaine plus tard. Officiellement, Rachel prend des cours d'été en vue de s'inscrire en droit à la rentrée. Tout le monde est soulagé à la maison, enfin la petite prend son destin en main. Elle paraît même avoir trouvé un but. Elle se lève tôt le matin et part avec une étincelle nouvelle dans le regard.

L'entraînement est à la fois psychologique et physique. Peter est leur référent. C'est lui qui leur explique tout. Au fur et à mesure que les jours passent, Rachel est étonnée de constater que les rangs diminuent. Les candidats sont éliminés un par un. La règle est cruelle, si on échoue à un test, on est renvoyé. Des mille cinq cents candidats de départ, il n'en reste qu'une dizaine. Elle est la seule femme.

Le département de formation a prévu une longue série d'épreuves. Rachel apprend la devise du Mossad : «Par la ruse, tu mèneras la guerre.» Un verset de la Bible. Elle s'initie donc à mentir, voler, se battre et tuer.

Son corps, pourtant habitué à l'effort physique, la soutient à peine au fil des mois. Les combats sont difficiles. Peter ne l'épargne pas et sa condition de femme ne l'empêche pas de recevoir des coups. Elle rentre chez elle couverte de bleus. Elle explique qu'elle est tombée. Cette maladresse nouvelle étonne sa famille mais Rachel a l'air si déterminée à poursuivre ses études de droit qu'ils la laissent faire.

Certains matins, elle peine à se lever. Ses muscles endoloris ne lui répondent plus. Mais elle a appris à mentir et, plus utile encore, à se mentir. Elle se persuade que tout va bien et parvient à mettre un pied devant l'autre.

Le volet psychologique est capital. Il faut savoir résister à un interrogatoire. Mener l'adversaire sur une fausse piste. Tromper un détecteur de mensonge aussi bien qu'un ennemi.

Rachel comprend qu'être une femme lui confère un autre rôle, celui d'appât. Durant plusieurs tests, elle est amenée à se rendre dans des bars pour séduire des hommes et leur dérober quelque chose. Une montre, un portefeuille, une casquette. Rachel s'en sort bien.

Elle découvre le pouvoir de sa beauté. Sa famille lui dit souvent qu'elle ressemble à sa mère mais la jeune femme ne se souvient pas d'elle. Lorsqu'elle convoque ses souvenirs, c'est la vision d'un chemisier taché de sang qui lui revient, alors Rachel préfère éviter.

Peter a la confirmation que sa recrue est prête à passer à l'étape suivante quand, au lieu de lui rapporter une vulgaire montre, elle lui tend une photo qui était dans le portefeuille de sa cible et qu'elle a réussi à subtiliser sans même qu'il s'en rende compte.

Elle doit alors passer un dernier test. Lors d'une promenade sur la grève, il lui désigne le cinquième étage d'un immeuble d'habitation.

– Tu as quatre minutes pour apparaître sur ce balcon en dégustant un biscuit.

Rachel pense à une plaisanterie.

– Trois minutes et cinquante secondes.

Elle court pour s'engouffrer dans l'immeuble.

Le regard de Peter oscille entre le balcon et la trotteuse de sa montre qui défile à un rythme immuable. Il se demande s'il n'a pas été trop sévère. D'habitude, il donne cinq minutes aux recrues. Pourquoi lui en avoir donné seulement quatre à elle ?

Au fond de lui, il sait qu'elle est différente des autres. Il perçoit le vide abyssal qui l'habite. Le même que le sien.

Jamais il ne lui avouerait, mais il est impressionné par sa ténacité et sa force. Elle ne se plaint pas, ne conteste pas les ordres. Même quand ça fait mal, elle continue. Rien ne semble pouvoir l'arrêter.

Plus que vingt secondes. Elle n'y arrivera pas.

Cinq secondes.

Rachel apparaît alors sur le balcon. Accompagnée d'un charmant couple de personnes âgées. Ils rient ensemble. Entre ses mains, un biscuit qu'elle trempe dans une tasse de café fumant. Elle se permet de lui porter un toast quand le couple lui tourne le dos. Objectif atteint !

Pour ses premières missions officielles en solo, Rachel est *katsa*, agent de renseignement. Mais, très vite, ce travail d'analyse et de collecte de données ne lui suffit pas.

Peter s'en doutait. Il a détecté chez elle la même violence contenue, la même rage, la même volonté de revanche. Il lui offre alors la possibilité d'intégrer le Kidon et de devenir un agent de terrain chargé des éliminations. Il sait qu'elle y excellera. Pas d'états d'âme. Le bras armé de la vengeance.

Pour sa première affectation en tant qu'agent secret, Rachel doit choisir un nouveau prénom. Dina signifie « le jugement » en hébreu. Rachel, *la brebis*, n'existe plus.

22

Des pingouins en Alabama

21 juin 1961

C'est un événement important qui se tient dans le jardin de Mandy. Tout est parfait. Le gazon, vert et tondu, dont aucune pousse d'herbe n'ose dépasser. La piscine, claire et translucide, que pas même une abeille n'ose fouler. La balançoire, pendue à un arbre, figée et immobile. Les enfants, Suzie et John-Ross, aussi décoratifs que polis, accueillent les invités à la manière de hérauts.

Tout est fait pour donner aux participants l'impression d'être reçus dans les jardins de la Maison-Blanche. C'est un sentiment de grandeur qui doit les envahir. Et c'est réussi.

Une radio, astucieusement placée sur une table, diffuse quelques standards. C'est Roy Orbison qui ouvre le bal avec son « Only the Lonely ». On tolère ce nouveau style *rocker* à condition qu'il soit représenté par de jeunes Blancs bien sous tous rapports. Les Everly Brothers oui, Ray Charles non.

Quand on est bras droit et femme du bras droit du directeur du centre spatial, on fait les choses en grand. C'est donc un fac-similé de la 18e cérémonie des Golden Globes qui a lieu chez les Caine. Les tenues de cocktail sont de rigueur.

Pour ce grand barbecue, scientifiques et épouses ont revêtu leurs plus beaux atours. C'est un concours de taffetas, soie et mousseline. Les froufrous des jupes répondent au scintillement de la soie des cravates. Les hommes sont habillés de costumes en lin et coiffés de chapeaux légers. Le panama est en vogue depuis que Paul Newman en a porté un dans le film *The Long, Hot Summer* en 1958.

La mode est au filiforme, les femmes sont donc cintrées dans des robes près du corps. Les motifs floraux ont toujours le vent en poupe. Pour le maquillage, les regards sont soulignés à l'eye-liner à la manière d'Elizabeth Taylor et les bouches sont lustrées de rouge.

Superbe en robe fourreau à reflets dorés, Mandy virevolte entre ses invités tout en se faisant un devoir d'être la plus visible possible. Le soleil, complice, fait scintiller le tissu à chacun de ses mouvements. Et des mouvements, Mandy en fait beaucoup. Elle s'agite, rit, se déplace, cajole, plaisante. On ne voit qu'elle.

Wernher von Braun est bien présent, comme il l'avait promis. Il est accompagné de son épouse. La présence de Maria von Braun donne bien du fil à retordre à Mandy. Elle ne l'avait jamais rencontrée. La femme du directeur du programme spatial se fait d'ordinaire discrète et participe à peu d'événements mondains.

Mandy la savait beaucoup plus jeune que son époux, seize ans de moins, et l'imaginait comme une pauvre petite chose fragile. On ne se marie pas avec sa cousine sans faire de dégâts. Mais Maria est tout le contraire de ce à quoi elle s'attendait. Elle est vive et joyeuse, sait prendre part à une discussion et possède un certain charisme. À trente-trois ans, c'est une femme, épouse et mère comblée qui se présente au barbecue. Si Mandy n'y prenait pas garde, Maria pourrait lui faire de l'ombre.

La chef des Bomb Wives se rassure en se disant, qu'après tout, c'est elle la maîtresse de cérémonie. C'est elle qui a eu l'idée d'embaucher Avery's Diner comme traiteur et tout un groupe de serveurs noirs pour le service. Elle se félicite de cette grande idée qui lui donne le loisir de parader en toute quiétude parmi ses invités de marque.

Avec un peu de retard, Cherry fait une entrée remarquée. Son pantalon et sa chemise font l'effet d'une bombe de modernité. Les regards des femmes se braquent sur elle, oscillant entre admiration et ressentiment. Elles ont besoin de l'avis de Mandy pour trancher. Mais cette dernière, trop occupée à discuter avec celui qu'elle appelle simplement Wernher, n'accorde à Cherry qu'un bref regard et une légère moue désapprobatrice.

Cherry a hésité avant d'enfiler sa tenue. Pour finalement décider qu'elle s'était fait des idées, comme d'habitude. Son Oscar était un homme doux et brillant. La lueur sombre qui avait terni ses beaux yeux bleus n'était que le résultat d'une journée difficile au travail. Elle avait de la chance d'être mariée à un homme comme lui. Oh oui, beaucoup de chance.

Il avait froncé les sourcils en la voyant descendre l'escalier, tout à l'heure, vêtue de son pantalon ajusté et de sa chemise en soie. Mais elle avait tenu bon. Elle n'avait pas envie d'enfiler une de ses robes habituelles, celles qui la font paraître ronde comme un fruit trop mûr.

Elle se découvre un peu séductrice et a l'impression d'avoir hérité de l'aura glamour d'Audrey Hepburn grâce à ces nouveaux vêtements. Même si elle doit avouer que le pantalon lui semble un peu plus serré à la taille que lors de son essayage. Les petits déjeuners avec Dina commencent à avoir des répercussions sur son tour de taille… Il va falloir qu'elle fasse attention si elle ne veut pas subir de moqueries supplémentaires.

Le jardin est séparé en deux zones. La première est dédiée à l'élite blanche et l'autre aux travailleurs noirs. Seul espace de transition entre les deux, Tyler et Avery qui font griller au barbecue des travers de porc, des ailes de poulet et des steaks. Il y en a pour tous les goûts.

Avery a concocté plusieurs hors-d'œuvre qui devraient régaler les scientifiques. Roulés aux saucisses, mini-burgers et mini-hotdogs raviront leurs palais délicats. Tyler avait suggéré des mets plus subtils mais Avery sait, par expérience, que les plus gradés ne sont pas forcément les plus gourmets.

L'équipe de service est constituée de jeunes Noirs qui tentent d'arrondir leurs fins de mois. Mandy a imposé le port d'un uniforme noir et blanc qui leur donne l'apparence de pingouins échoués en plein Alabama. Mais aucun d'eux ne se plaint. Ils ont l'habitude de trimer sans sourciller. Une main-d'œuvre facile et économique.

Plus tôt ce matin, les serveurs sont entrés par la porte de derrière. Des toilettes de fortune ont été montées à la va-vite à leur intention. Quatre planches de bois dans un coin reculé du jardin. Ils ne doivent pas parler aux invités. Ils ont interdiction de toucher à la nourriture sans gants. On ne voudrait pas pervertir l'élite blanche. La hiérarchie sociale et raciale est respectée, le barbecue se passe au mieux.

Dina se sent ridicule dans son uniforme trop petit. La jupe, trop serrée, lui donne l'air d'une soubrette d'opérette. Mais qu'importe, elle fait contre mauvais uniforme bon cœur puisqu'elle sait que dans quelques instants elle s'échappera pour aller fouiller le bureau d'Oscar.

Elle déambule entre les invités, un plateau en argent à la main. Elle aperçoit Mandy qui la surveille de loin et elle se fait la réflexion que, dans sa robe dorée, l'hôtesse ressemble à une énorme papillote.

Certains invités gratifient Dina d'un regard pour la remercier en se servant un roulé à la saucisse, d'autres ne la considèrent même pas. La serveuse ne s'en offusque pas, cela lui donne l'opportunité d'observer sans être remarquée. Elle passe d'un convive à l'autre, proposant ses hors-d'œuvre, et en profite pour tous les examiner. Rien dans leur regard ou leur attitude ne pourrait trahir un passé obscur. Elle ne voit qu'un groupe de scientifiques se réunissant dans un quartier chic de Huntsville par un après-midi ensoleillé.

Cette normalité est déstabilisante. Ces hommes en chemisettes peuvent-ils vraiment être d'anciens tortionnaires nazis ? Les informations de Peter et du Bureau sont-elles fiables ? Une erreur est toujours possible…

Dina secoue la tête. Non, le Mossad ne fait pas d'erreurs.

Combien de victimes derrière ces sourires de façade ? Elle sent la cicatrice dans son dos se réveiller. C'est toujours le cas quand elle doute. La douleur pour la ramener à la réalité. Le monde est un endroit cruel peuplé de barbares. Elle ne doit pas se laisser endormir par les apparences et la musique douce des rires mondains.

Entre deux réassorts de mini-burgers, elle entend les conversations autour des futurs lancements, des vols habités. Les fameux *Mercury Seven* sont dans toutes les bouches, ces sept astronautes, les premiers à voler en orbite sont devenus de véritables stars. On ne les voit pas comme des militaires, des anciens pilotes d'essai à la raideur réfrigérante mais, au contraire, comme des héros ordinaires qui prient un dieu américain avant de quitter la Terre.

Les femmes parlent du film *La Garçonnière* de Billy Wilder et des dernières tenues portées par Jackie Kennedy.

Les ailes de poulet panées ont beaucoup de succès. Mandy s'en octroie le mérite avec une modestie feinte comme si c'était elle qui avait passé des heures dans la cuisine puis derrière le gril.

Mandy peut souffler. Son barbecue est une réussite. Les invités sont époustouflés par ses talents d'organisatrice.

Tout se passe au mieux jusqu'à l'incident.

23

Let's twist again

L'outrage viendra, de manière inattendue, de la radio. Mandy avait pourtant tout prévu. Mais elle n'avait pas pensé que la trahison pourrait passer par les ondes. L'objet censé diffuser un agréable fond sonore ne lui était pas apparu comme un dangereux outil de remise en question des normes sociales auxquelles la bonne société tenait tant.

Tout commence par un solo de batterie si entraînant qu'il fait taire les invités. Les paroles suaves des rockers blancs ont laissé place à un dynamisme typiquement noir. Les participants se figent et écoutent.

Certains se tournent vers Mandy pour savoir comment réagir mais elle est pétrifiée. Quel mauvais goût ! Comment expliquer qu'elle ait pu laisser passer cette musique de sauvages à son barbecue pourtant si chic ?

Come on let's twist again,

Like we did last summer…

Tandis que Mandy se demande comment elle se relèvera de cette humiliation, les invités s'interrogent du regard.

C'est finalement Cherry qui bouge en premier. Elle connaît cette chanson de Chubby Checker car Dina la lui a fait découvrir. À l'aise en pantalon, elle initie un twist.

Quelques bouches s'arrondissent de son audace. Mais, déjà, quelques pieds commencent à suivre discrètement le rythme endiablé en martelant le gazon.

Oscar est sur le point de stopper son épouse qui se donne en spectacle et le ridiculise devant ses pairs. Mandy accourt vers le poste pour l'éteindre. C'est alors que Maria von Braun se joint à Cherry. Les minutes semblent figées.

Les deux femmes sont enfin ralliées par le reste des invités qui, finalement, n'attendaient qu'une autorisation. Si l'épouse du directeur du centre spatial twiste, tout le monde le peut. Le sage gazon des Caine se transforme en piste de danse.

Mandy se ressaisit. Elle ne veut pas être en reste. Elle s'immisce entre Cherry et Maria en espérant lier une amitié toujours utile avec la femme du supérieur de son mari. Les promotions se jouent parfois à rien. Elle observe Cherry du coin de l'œil pour imiter ses pas.

Les scientifiques de bonne famille ne sont pas habitués à laisser parler leur corps, c'est donc une étrange sarabande, un peu guindée, qui se déroule dans les effluves de steaks en train de griller.

Si les Blancs sont raides et l'ambiance compassée, c'est une autre atmosphère qui règne chez les serveurs noirs en cuisine. Tyler venait de les rejoindre pour vérifier que tout était conforme à ses attentes quand la musique a commencé. Dès les premières notes, les mines fatiguées se sont éclairées.

Dina, venue réapprovisionner son plateau, assiste à la scène. Le géant noir en profite pour l'attraper par la taille et la faire tourner. Quelques rires accueillent cette danse.

– Allez, Petite ! encourage Tyler.

Yeah, let's twist again,

Twistin' time is here…

Les serveurs n'hésitent pas longtemps à se joindre au mouvement. La fête commence. Les genoux se plient jusqu'au sol, les hanches se meuvent gracieusement d'un côté à l'autre, les bras se balancent. La cuisine devient salle de bal.

Avery, qui a assisté à la scène dans le jardin, apparaît dans l'office et découvre les danseurs. Tyler fait toujours virevolter Dina qui a du mal à suivre le rythme à cause de sa jupe trop courte.

Si d'un côté on s'encanaille gentiment, ici c'est la vraie fête. Les corps bougent librement entre les assiettes de cupcakes. Les sourires se reflètent dans les plateaux en argent. Les pingouins sont transformés en étoiles filantes.

Avery craint que Mandy découvre les coulisses de son grand barbecue et ne fasse un scandale. Les serveurs n'ont pas le droit de s'amuser. Elle jette un œil prudent vers le jardin, les invités dansent toujours. Les maris sont raides et ont le dos droit mais tentent de faire bonne figure. Mandy, au centre, s'active pour montrer à tous comment twister mais sa robe dorée éblouit tout le monde et certains finissent par se cacher les yeux avec le bord de leur main.

Tyler attrape Avery. Tel un virtuose, il parvient à diriger ses deux danseuses. Avery essaie de résister mais la bonne humeur est communicative. Elle se laisse prendre au jeu. Les steaks seront sûrement un peu trop cuits. Les cupcakes un peu trop crémeux. Mais le moment en vaut la peine.

Dans la cuisine et le jardin, Chubby Checker termine sa chanson. Les corps sont échauffés, les joues rougies, les tempes un peu humides. Les hommes ont laissé tomber leurs vestes en lin sur les chaises de jardin. Les femmes s'épongent le front et se repoudrent. Elles bombent leurs cheveux pour y remettre de l'ordre.

La radio, comme pour se faire pardonner, enchaîne sur une mélopée douce de la sage Brenda Lee qui s'excuse d'un « I'm Sorry ».

Les battements de cœur s'apaisent. Les invités reprennent leurs esprits autour d'une bière ou d'un tonic. La danse leur a donné faim et ils s'approchent du barbecue d'où proviennent des effluves appétissants.

Dans la cuisine, le service reprend. On rajuste son uniforme. Les étoiles redeviennent des pingouins. Quelques brochettes de légumes passent de plateau en plateau, tandis que les carrot cakes terminent de cuire. La parenthèse est close.

Mandy sent bien que les choses lui ont échappé. Elle lance un regard noir à Cherry en pleine discussion avec Maria von Braun. Comment cette petite boulotte et cette maigrichonne peuvent-elles oser lui voler la vedette ?

Elle fait tinter une cuillère sur un verre pour obtenir l'attention générale. Il n'y a rien de mieux qu'un discours pour faire retomber une ambiance un peu trop survoltée.

Pour que tout le monde puisse la voir, elle monte sur un petit banc utilisé d'ordinaire par les enfants. Elle affiche son sourire le plus éclatant et se lance dans une longue tirade patriotique, une main sur le cœur, n'oubliant pas de rappeler que si les Américains marchent un jour sur la Lune, son barbecue n'y sera sans doute pas pour rien.

Elle passe ensuite la parole à son mari qui force Wernher von Braun à le rejoindre sous les applaudissements. L'homme est un orateur-né. Il retrace l'histoire du centre spatial, rappelle sa lutte pour faire émerger les projets Redstone et Mercury, se félicite du soutien du président Kennedy.

La foule est captivée. Dina sait que si elle veut agir, c'est maintenant ou jamais. Elle vérifie que personne ne l'observe. Tous les regards se sont portés vers l'estrade improvisée. Elle pose son plateau encore plein de cupcakes sur une table et se dirige vers la cuisine. Là, elle emprunte la porte de derrière.

Dehors, il n'y a personne. Les rues de Rocket District sont vides. Tous ses habitants sont dans le jardin de Mandy. Pas même un chien pour aboyer et signaler sa présence. Le soleil commence à décliner en ce début de soirée mais la chaleur est toujours présente.

Dina tire sur les bords de sa jupe trop courte pour la faire descendre. Ce n'est pas la tenue de mission à laquelle elle est habituée mais il faut bien s'en contenter. Le bruit de ses pas crisse sur le gravier.

Elle lance un dernier regard vers le jardin, personne ne remarquera son absence. Elle sait ce qu'elle a à faire. Sans courir afin de ne pas alerter un éventuel témoin, Dina se dirige vers la maison de Cherry. Elle repense aux yeux bleus du médecin, à sa poignée de main fraîche et à son sourire franc. Elle sait exactement comment elle va forcer la porte de son bureau.

24

Le martini, la colère et la peur

Le ciel se fait menaçant quand Dina arrive devant chez Cherry et Oscar. De gros nuages s'accumulent. La chaleur va finir par tourner à l'orage. Elle sait qu'il faut se dépêcher car la pluie prochaine risque de mettre fin au barbecue plus tôt que prévu.

Elle ouvre la porte sans problème puisque ici personne ne prend la peine de fermer à clé. *Nous sommes entre gens bien à Rocket District*. Dina entre et avance à pas de loup. Elle ne se risque pas à allumer la lumière. De toute façon, elle connaît la maison par cœur.

Elle traverse le salon. Ses doigts courent le long du mur qui mène au bureau du médecin. Sa respiration s'accélère. La maison n'est pas la même sans la rondeur et la bonhomie de Cherry. Sans elle, c'est la rigueur et l'austérité d'Oscar qui dominent.

Son cœur bat plus fort devant la porte du bureau. Verrouillée, évidemment. Dina retrouve ses gestes d'agent de terrain. Elle retire une grande épingle de ses cheveux. Une cascade brune et bouclée s'abat sur ses épaules.

Il ne lui faut que quelques minutes pour venir à bout de la serrure. Quelques minutes qu'elle n'a jamais eues lorsqu'elle était ici avec Cherry. Dina prend le temps d'écouter. Au loin, la musique du barbecue et le ronronnement des fusées. Tout est normal. Elle entre.

Au premier regard, il s'agit d'un bureau tout à fait ordinaire. Des bibliothèques remplies d'ouvrages de médecine, quelques cadres abritant des photographies d'Oscar avec ses collègues. On est ici dans le royaume d'Oscar, Cherry n'y a pas sa place, pas même en photo.

Le bureau en acajou est parfaitement rangé. Plusieurs tiroirs que Dina se met immédiatement à fouiller. Rien d'intéressant. Des rapports scientifiques sur des expériences faites sur les animaux. Des comptes rendus de conversations avec la NASA.

Dina poursuit ses recherches. Elle feuillette les livres, cherche partout. Elle doit faire vite. Elle ne s'imagine pas rentrer bredouille. Que dirait-elle à Peter ? Elle inspire profondément pour se calmer.

Un agent ne se décourage pas. Dina pense à son entraînement et essaie de se mettre dans la tête du médecin. Où cacherait-il des documents ? Son regard examine chaque recoin de la pièce et finit par se porter sur la bibliothèque. Il y a quelque chose d'étrange. Le meuble paraît trop avancé par rapport à son emplacement contre le mur. Des traces sur le sol indiquent également qu'on l'a bougé.

Le tonnerre gronde dehors. Pas de temps à perdre. Dina renverse les livres au sol. Elle tâte le fond en bois. Comme elle le pensait, il sonne creux. Elle attrape un coupe-papier et s'en sert comme levier. Le meuble craque un peu mais finit par révéler son secret.

Le contenu du double fond est accablant. Dina y découvre un ancien brassard nazi, des photos et des piles de documents. Les images montrent l'homme souriant que Peter lui avait désigné la première fois, celui qui rit devant des corps calcinés. Dina fait défiler les clichés entre ses doigts tremblants. L'homme en blouse devant l'inscription «*Arbeit macht frei*».

Dina s'occupe à présent des dossiers. Elle s'assied sur la chaise de bureau pour les étudier. Des documents médicaux. D'autres photos. Des rapports d'expériences sur des hommes, des femmes, des enfants. Beaucoup de tests sur la noyade ont échoué et Dina observe, au bord de la nausée, les corps boursouflés.

Un autre dossier contient des clichés d'enfants. Dina parcourt rapidement les rapports. Le médecin se passionne pour le cas des jumeaux. Il veut comprendre la connexion qui les unit et pour cela n'hésite pas à en amputer un pour voir si le second ressent également la douleur. Les enfants mutilés s'entassent sur les photos. Des yeux crevés, des bras en moins, des virus inoculés… Le tout analysé sur un ton froid de clinicien. Les pertes comptent peu, les sujets sont nombreux.

Dina est tellement absorbée par sa découverte qu'elle ne se rend compte de la présence de l'homme qu'au moment où il se tient dans l'embrasure de la porte. La pluie tombe à présent. Oscar a les cheveux mouillés et le lin de sa veste est trempé.

Les deux s'observent en silence. Le regard du médecin passe de Dina à la bibliothèque. De la bibliothèque aux dossiers étalés sur le bureau. Enfin, au brassard à croix gammée tombé sur le tapis.

– Qu'est-ce que vous faites là ?

Il a grogné plus que parlé. Sa voix pâteuse indique qu'il a bu. Il s'approche d'un pas. Dina mesure ses options. Le coupe-papier est encore dans sa main. Elle pourrait, d'un geste, lui trancher la gorge. Elle regarde les photos. Les centaines de jumeaux seraient vengés.

Elle soupire. Elle sait que ce n'est pas ce que Peter et le Bureau souhaitent. Ils veulent un procès. Il est parfois si difficile d'obéir aux ordres.

La photo, toujours dans sa main, lui brûle les doigts. Les jumeaux survivants auraient sans doute besoin d'un procès pour pouvoir exprimer leur douleur. Être face à leur bourreau et le voir traîné devant les tribunaux.

Elle repose le coupe-papier.

– Cherry m'a demandé de lui apporter une tenue de rechange, tente-t-elle.

Oscar est désarçonné pendant quelques secondes. L'alcool ne semble pas lui avoir trop embrumé l'esprit car il réplique :

– Pourquoi êtes-vous dans mon bureau ?

– La porte était ouverte.

– La porte n'est jamais ouverte.

Il s'approche de la chaise sur laquelle elle est toujours assise. Il sent le martini, la colère et la peur.

Dina doit se lever. Ne jamais commencer un combat en position d'infériorité. C'est la règle de base. Pourtant, elle espère encore que la lutte pourra être évitée.

– Où est Cherry ?

Il cligne des yeux.

– Elle est restée pour aider Mandy à ranger.

– Le barbecue est terminé ?

Il pointe le toit avec son doigt.

– Il pleut.

Ils restent un moment silencieux à écouter le bruit de la pluie sur le macadam de Rocket District. La tension monte et semble occuper tout l'espace. Le bureau est oppressant. Dina se lève.

Les yeux du médecin se fixent alors sur la jupe d'uniforme trop courte de la serveuse. Il approche encore. Dina peut sentir son haleine. Mais c'est surtout la lueur dans son regard qui l'interpelle. Elle sait que tout va basculer à cet instant. Ses muscles se tendent. Ses poings se ferment. Tout son corps est prêt au combat. À un certain point, la tension doit tomber et il n'y a qu'un seul moyen d'y parvenir : l'affrontement.

Elle est perturbée par ce qu'elle lit dans ce regard qui va de ses cuisses à sa poitrine pour se fixer sur son cou. Elle y décèle de l'attirance et du dégoût à la fois. Dina est habituée au désir des hommes et sait l'utiliser à son avantage, mais pourquoi ce dégoût teinté de haine ? Cette lueur sombre lui en rappelle une autre, un souvenir ancien. L'image du chemisier taché de sang de sa mère se fixe dans son esprit. Soudain, elle se retrouve petite fille cachée dans un buffet.

Avec une rapidité étonnante, le médecin se jette sur elle. Noyée dans le flot de ses souvenirs, Dina n'a pas su l'anticiper. Elle se retrouve plaquée contre le mur. Leurs deux visages ne sont qu'à quelques centimètres seulement.

Les yeux bleus du médecin n'expriment plus aucune amabilité policée.

Dans la bagarre, Dina a piétiné le brassard nazi. Oscar l'observe avec une moue.

– Dina, c'est juif, non ?

Elle ne peut pas répondre, car il a maintenant une main autour de son cou.

– Vous êtes toutes pareilles, grimace-t-il.

Un léger accent germanique remonte des tréfonds de son âme damnée.

Tout en continuant d'enserrer le cou de Dina d'une main, il passe l'autre dans les boucles brunes de la jeune femme puis ses doigts suivent l'arête du nez.

Dina est pétrifiée par ces paroles qui lui rappellent le traumatisme de son enfance. Elle n'est plus une femme forte, un agent du Mossad surentraîné, elle est redevenue la petite espionne tapie dans un meuble. Une petite fille transie, tétanisée, muette.

L'alcool décuple les forces d'Oscar et l'enhardit. Il retourne violemment Dina contre le mur. Sa joue se retrouve collée contre le bord de la bibliothèque dont un bout vient lui entailler l'arcade sourcilière, mais Dina n'a pas mal, elle ne ressent plus rien. Elle a quitté son corps. Son esprit est englué dans le passé. Un passé sombre qui la retient prisonnière. Lui revient en mémoire le regard privé de vie de sa mère étendue sur le sol dans une mare de sang.

D'un geste brusque, le médecin relève la jupe de la serveuse. Dans un éclair de lucidité, Dina regrette que son uniforme trop serré ne lui ait pas permis d'emporter son arme. Elle sent Oscar contre elle. Son souffle chaud et rauque dans sa nuque. Il serre son cou toujours plus fort. Dina revoit le chemisier blanc de sa mère. Le couteau de l'officier nazi dégrafant les boutons de nacre. Puis le sang. Tout ce rouge. Elle sait qu'elle devrait agir. Elle doit agir. Mais elle en est incapable. Elle n'est plus Dina mais la petite Rachel.

Les mains enserrent à présent tout son cou. Bientôt elle ne verra plus rien, un voile sombre viendra l'engloutir complètement.

25

La femme de son ennemi

Soudain, la pression sur sa nuque s'allège. Oscar s'effondre comme un château de cartes aux pieds de Dina. Allongé sur le tapis, il a l'air pitoyable. Le bourreau est redevenu un simple scientifique qui a trop bu.

Dina inspire bruyamment une goulée d'air. Sa trachée brûle mais l'air peut enfin pénétrer dans ses poumons. Elle perçoit son reflet dans la vitrine de la bibliothèque, de grosses traces marron marquent son cou. Pourtant, ce qui la choque dans ce reflet, c'est le visage décomposé de Cherry derrière elle. Dina se retourne pour lui faire face.

La fragile femme de médecin est comme figée. Ses lèvres entrouvertes semblent vouloir exprimer quelque chose que son esprit n'arrive pas à formuler. Ses yeux sont fixés sur les débris du vase et non sur le mari qu'elle vient d'assommer.

– Ce vase était un cadeau de mariage, bredouille-t-elle.

Dina s'avance vers elle.

– Et tu l'aimais ?

Le regard de Cherry ne quitte toujours pas les bouts de porcelaine éparpillés.

– Non.

Cherry s'agenouille pour ramasser les débris. Encore sous le choc, elle ignore le corps de son mari pourtant à côté. Focalisée sur sa tâche, elle s'entaille un doigt et le porte à sa bouche pour éviter que le sang ne salisse le tapis.

Dina prend le pouls d'Oscar. Il respire. Elle attrape la main de Cherry pour la forcer à s'arrêter.

– Merci.

Cherry regarde enfin son époux étendu au sol, le crâne déformé par une bosse à l'endroit exact où elle y a fracassé le vase.

– Je ne sais pas ce qui m'a pris… Je l'ai vu qui t'attaquait. Je ne comprends pas. Il devait avoir trop bu. Oscar n'est pas un homme violent.

Dina passe machinalement la main sur son cou comme pour prouver le contraire. Elle réfléchit à toute vitesse. Il faut reprendre la situation en main. La mission avant tout.

– Attrape-lui la tête, je prends les pieds.

– Comment ?

– Nous allons le mettre au lit. Il a bu et demain il ne se souviendra de rien.

Elle s'empare des pieds du médecin qu'elle essaie de tirer sur le tapis. Cherry reste interdite. Elle oscille entre ramasser les débris ou son mari. Son cerveau n'arrive pas à faire le tri. Une minute plus tôt, elle était dans le jardin de Mandy en train de ranger au réfrigérateur les restes de mini-hamburgers.

– Oscar aura mal à la tête en se réveillant. Tu lui feras remarquer qu'il avait trop bu, continue Dina.

Cherry finit par accepter. Les deux femmes portent un Oscar inconscient jusque dans la chambre. Dina lui ôte ses chaussures. Ensemble, elles l'étendent sur le lit. Elles le contemplent un moment. Son souffle est paisible. Il dort.

– Un verre ? propose Dina.

Tandis qu'elles rejoignent le salon, Dina tente de faire le point sur la mission. Le bureau du médecin est toujours grand ouvert, le brassard nazi très probablement toujours piétiné sur le tapis. Cherry est trop choquée pour avoir pris la mesure de ce qui se tramait.

L'agent sait qu'il ne faut jamais impliquer les civils. *Mentir, voler, se battre, tuer*, la devise du Mossad revient en boucle dans sa tête. Elle ne devrait pas laisser de témoin. Cherry est un témoin. Tout pourrait se terminer ce soir.

Cherry leur sert une bonne rasade du whisky « occasion spéciale » de son mari. Sec, sans glaçons, la soirée ne se prête pas aux édulcorants. Elle est muette. Assise sagement sur le canapé, jamais on ne pourrait croire que quelques secondes auparavant elle a assommé son époux.

Dina l'observe. La douce Cherry dans son joli pantalon fuseau et sa chemise en soie. En train de boire un whisky. Elle ne veut pas lui faire de mal. L'agente est bien obligée d'admettre que sans l'intervention de Cherry elle ne serait pas là tranquillement installée dans ce salon.

La femme de son ennemi lui a sauvé la vie. Une vie pour une vie. Dina prend une grande décision. Elle va tout révéler à Cherry. C'est un énorme risque mais après le fiasco de la soirée, elle ne voit pas comment faire autrement.

Et, le seul moyen de sauver Cherry, est de la transformer en atout. Sinon, elle sait que Peter passera derrière elle et l'éliminera. Le protocole. Clair, net et précis.

Elle pose son verre sur la table basse.

– Cherry, il faut que je te dise quelque chose.

– La vérité qui doit primer sur le bonheur ?

Dina ne s'attendait pas à cette réaction. Elle se rappelle cette soirée dans la piscine. Le sentiment de liberté.

Elle prend son amie par le bras et l'entraîne vers le bureau. Les documents sont en vrac sur le plateau en acajou. Les photos en noir et blanc d'enfants et de noyés. Le brassard à croix gammée jure sur le tapis crème.

Dina s'en saisit et le lui tend.

– Regarde !

Cherry secoue la tête.

– Je ne comprends pas.

– Il appartient à ton mari.

L'épouse fait la moue.

– Pourquoi Oscar aurait-il un brassard nazi ?

– Parce que c'en est un.

– Un quoi ?

– Un ancien nazi !

Dina s'empare d'un dossier et colle les photos de cadavres sous le nez de Cherry.

– Voilà le résultat du travail de ton mari pendant la guerre.

Cherry recule violemment.

– Oscar est médecin. Il soigne les gens. Il ne ferait pas de mal à une mouche.

Dina montre son cou meurtri.

– Et ce soir ?

– C'était une erreur. Une simple erreur.

Cherry place les mains devant ses yeux. Elle ne veut plus voir ces horribles photos.

– Mon mari est un homme bon. C'est un grand scientifique qui aide son pays. Un patriote qui combat le communisme.

Dina n'a pas le temps pour ces pleurnicheries. Elle force Cherry à regarder les photos de jumeaux mutilés.

– Et ces enfants ? Il faisait des expériences sur des jumeaux !

Cherry repousse les photos.

– Tout ça n'a rien à voir avec Oscar.

– Alors, pourquoi garde-t-il ces dossiers dans un bureau fermé à clé ?

– Je… Je…

Cherry s'appuie sur le chambranle de la porte pour ne pas tomber.

– Je ne sais pas.

Dina se place en face d'elle et la prend par les épaules, à la fois pour la soutenir et l'obliger à se concentrer.

– Écoute-moi bien, Cherry. Ce que je vais te dire est très important. Je suis un agent du Mossad, les services secrets israéliens. Ma mission est d'exfiltrer ton mari, Otto van Maiden, surnommé le « Chirurgien de Buchenwald ». Nous voulons le faire comparaître devant un tribunal.

Comme Cherry ne réagit pas, elle poursuit :

– Il doit payer pour ses crimes.

Les jambes de Cherry la lâchent. Elle glisse le long du mur pour se retrouver assise à même le sol.

– Ce n'est pas possible.

Dina aimerait l'aider, lui laisser plus de temps pour digérer la nouvelle mais, du temps, elle n'en a pas.

– Tu dois m'aider.

Cherry la regarde sans comprendre.

– T'aider ?

– Ensemble nous pouvons le faire. J'organiserai tout. Tu n'auras qu'à agir comme si de rien n'était jusqu'au jour de l'enlèvement.

Cherry semble reprendre des forces. Elle se relève en secouant la tête.

– Non, je ne peux pas.

– Il le faut !

– Tu ne comprends pas. Je ne peux pas.

– C'est un criminel ! s'énerve Dina.

Cherry se recule en mettant une main sur son ventre.

– C'est le père de mon enfant.

26

Un gros bébé pour une grosse maman

13 septembre 1961

Cherry a tout pour être une femme heureuse. Elle possède une belle maison dans un quartier huppé de Huntsville. Elle est mariée à un scientifique de renom et elle attend son enfant.

Un bébé qui ne peut être autre chose qu'un miracle. Des mois, des années qu'elle l'espérait. Elle sait qu'elle doit ce bonheur qui grandit dans son ventre à son époux. Les injections qu'il lui a faites afin d'accroître sa fertilité ont fini par fonctionner ! Oh oui, Cherry a tout pour être une femme heureuse.

C'est ce qu'elle se répète en se brossant les cheveux devant sa coiffeuse. Sa robe de chambre en mousseline rose commence à être un peu trop serrée. Un ventre bien rond se dessine déjà en ce tout début de deuxième trimestre de grossesse.

Dans une heure, elle rejoindra les autres Bomb Wives qui ont prévu de se réunir au Avery's Diner pour commenter le lancement de *Mercury-Atlas 4*.

Les hommes sont partis tôt, ce matin, au centre spatial. Après l'échec du vol précédent, les attentes sont élevées. Cherry n'a pas envie d'aller au *diner*. Elle n'est pas à l'aise avec les autres femmes qui aiment la taquiner sur sa prise de poids. Alors qu'on aurait pu espérer une solidarité féminine se réjouissant du bonheur nouveau de leur amie, les autres femmes, enjointes par Mandy, en profitent pour plaisanter sur ses rondeurs nouvelles. *Un gros bébé pour une grosse maman*. Et elles rient de ce bon mot.

Cherry est trop empâtée par rapport à la normale. Son ventre trop rond pointe sous les robes qu'elle a desserrées en leur retirant l'élastique à la taille. Elle a l'air de porter des rideaux. Les autres se moquent d'elle mais, pour une fois, Cherry n'a pas envie de détester ce corps qu'elle a tant honni. Elle l'aime, cette rondeur nouvelle, cette plénitude assumée. Et elle ne veut pas que le fiel des autres épouses gâche ce sentiment.

Étrangement, les nausées ne viennent que quand elle sait qu'elle va devoir participer à une activité du Cercle des affaires féminines.

Les Bomb Wives ne sont pas très originales et la conversation porte souvent sur le sexe de l'enfant à naître.

– Toutes les femmes ne sont pas capables de donner un fils à leur époux, persifle Mandy.

Son John-Ross fait sa fierté. Un jour, il sera président des États-Unis ! Sa Suzie sera, quant à elle, une femme d'intérieur et une épouse comblée.

Cherry se fiche bien de savoir si elle attend un garçon ou une fille. Elle ne cherche pas un héritier, elle veut un enfant à cajoler. Des petits yeux bleus innocents. Elle a tant d'amour à donner.

Elle a annoncé la bonne nouvelle à Oscar le lendemain de l'incident dans le bureau quelques mois plus tôt. Il était si heureux. Il l'a serrée dans ses bras pour la féliciter et, alors, elle s'est dit que tout ce que Dina lui avait raconté était faux. Comment avait-elle pu douter de la gentillesse, de l'intégrité, de la bienveillance de son époux ? L'homme qui avait réussi à lui donner un bébé ne pouvait pas être un ancien criminel de guerre. C'était impensable.

Si Cherry avait été parfaitement honnête avec elle-même, elle aurait pensé aux zones d'ombre, aux dossiers comprenant des photos d'enfants maltraités, au brassard nazi et à la lueur sombre qu'elle avait déjà aperçue dans le regard d'Oscar. Mais elle préférait croire que Dina avait tout inventé. Après tout, son ancienne amie avait très bien pu placer dans le bureau de son mari ces horribles photos. Mais, dans ce cas, pourquoi Oscar l'avait-il attaquée ? Peut-être l'avait-il simplement prise pour un cambrioleur…

Cherry préfère se concentrer sur son bonheur actuel. Inutile de s'embrouiller l'esprit avec des suppositions insensées. Elle hoche la tête devant son miroir. Elle a tout pour être heureuse.

Elle pourrait prétexter un malaise pour ne pas rejoindre les autres femmes et rester à la maison. Elle regarde sa chambre dans le reflet de la psyché. Elle se sent enfermée. Elle ne veut pas rester cloîtrée. Le soleil perce déjà à travers les rideaux.

Elle applique un peu de mascara sur ses cils et du rose sur ses joues pour se donner bonne mine. Il faut se rendre à l'évidence, elle ira au *diner* qu'elle le veuille ou non car c'est ce que toutes les bonnes épouses de Rocket District vont faire. À leur manière, elles soutiennent l'effort de guerre.

Mais ce qui effraie le plus Cherry, c'est de se retrouver face à Dina. Durant ces derniers mois, elle est parvenue à l'éviter. Les autres Bomb Wives ont remarqué un refroidissement des relations entre les deux amies et Mandy ne s'est pas cachée pour s'en réjouir, félicitant Cherry d'avoir enfin repris ses esprits.

Lorsqu'elle se rend chez Avery, Cherry ne croise jamais le regard de Dina. Elle s'arrange pour l'éviter feignant d'être absorbée par une conversation sur le nouveau parfum, *Madame Rochas*, ou le dernier film de Billy Wilder.

Dina verse à présent le café dans les tasses des Bomb Wives. Elles ne prennent plus la peine d'interrompre leur conversation pour elle maintenant qu'elle ne fait plus partie de leur groupe. Tout le monde a repris sa place et l'univers s'en porte mieux.

Quelques gouttes lui échappent et échouent sur la table. La serveuse a du mal à garder son calme. Ses nerfs sont soumis à rude épreuve. Ces trois mois de silence sont une torture. Elle n'a jamais pris le risque de dévoiler le caractère d'une mission auparavant. Et si Cherry parlait ? Et si elle prévenait Oscar ?

Depuis cette fameuse nuit, Dina dort avec un pistolet sous son oreiller. Elle rêve encore des mains du médecin en train d'enserrer son cou. Elle revoit le désir et le dégoût dans ses yeux. Peter l'avait pourtant prévenue, cette mission est particulière. C'est la plus longue et la plus difficile qu'elle ait jamais eu à accomplir.

Elle attend que quelque chose se passe. Que Cherry se décide. Que le médecin se trahisse. Que le Bureau lui envoie de nouvelles instructions. Cette inertie la ronge un peu plus chaque jour.

Peter a été très en colère quand elle lui a tout raconté de cette soirée. Rien ne s'y était passé comme prévu. Elle a échoué et, en plus, elle a mis en péril la mission. Dina se sent déshonorée et humiliée.

La déception qu'elle a lue dans le regard de son instructeur l'a déstabilisée. Elle ignore s'il a fait un rapport au Bureau. Depuis, elle ne l'a pas revu. Aucun contact, et ça lui manque. Elle se sent seule. L'amitié de Cherry comptait plus qu'elle ne le croyait. Elle regrette aussi les visites surprises de Peter.

Heureusement, elle peut compter sur l'amitié d'Avery et Tyler pour lui permettre de supporter ces longues journées d'attente. Le duo s'est rendu compte que quelque chose n'allait pas mais n'a pas insisté quand il a compris que Dina ne souhaitait pas aborder le sujet.

Elle s'est d'ailleurs rapprochée de Tyler qui lui raconte les mesures prises par le Community Service Committee pour amorcer une déségrégation à Huntsville. Il participe à des manifestations et des sit-in. La venue de Martin Luther King est confirmée. Le doux Tyler est en train de devenir un militant.

Derrière le comptoir, Dina attend. Le juke-box est éteint au profit de la télévision qui diffuse en direct le lancement de la fusée *Mercury-Atlas 4*. Toute la ville est à l'arrêt, suspendue à la réussite de cette mise en orbite.

Dina attend. Elle sait que la Terre va bientôt trembler.

27

Vivre dangereusement

1er octobre 1961

Dina rentre chez elle, fatiguée après une longue journée au *diner*. L'automne prend ses marques et teinte les arbres bordant Rocket District de reflets mordorés. Le soleil est bas, prêt, déjà, à se coucher.

La surprise est totale quand, en ouvrant la porte, elle tombe sur Peter qui l'attend debout dans le corridor de l'entrée, nonchalamment appuyé contre un mur. Elle a espéré ses visites mais, ce soir justement, elle n'y pensait plus.

Dina vient à peine de refermer la porte que la sonnette retentit. Son regard oscille entre la porte et Peter. Personne ne doit le voir ici. Les rumeurs vont vite et une veuve qui reçoit un homme, seule chez elle, est rapidement jugée.

Elle fait signe à Peter de se taire en mettant un doigt sur sa bouche. Elle l'entraîne dans le placard du vestibule et referme les portes lambrissées pour se cacher. La lumière filtre entre les persiennes dessinant leurs profils en ombre chinoise.

Le carillon sonne à nouveau. Puis, des coups à la porte. Dina et Peter s'observent en silence. Ils craignent tous les deux la même chose : Cherry qui aura parlé à son époux qui aura demandé de l'aide à la NASA qui aura prévenu les services secrets américains qui viennent les arrêter. Des espions sur le territoire, c'est toujours du plus mauvais effet. Même s'ils ne sont pas russes.

Peter ne quitte pas Dina des yeux. Ils savent tous les deux que le Bureau aura bien du mal à les sortir de là. Une opération sur sol étranger requiert toujours le risque de ne pas pouvoir rentrer chez soi. Les agents le savent pertinemment.

– Dina !

C'est la voix de Mandy qui perce à travers la porte d'entrée. Dina est à la fois soulagée et curieuse. Qu'est-ce que la chef des Bomb Wives peut bien lui vouloir ? Elle décide de rester cachée dans le placard. Mandy est suffisamment perfide pour s'imposer chez elle et suspecter la présence de Peter.

La tête entre deux cintres, les épaules de Peter se relâchent. Ce n'est qu'une voisine ennuyeuse qui vient réclamer du sel ou de la farine. Il n'y a qu'à attendre que l'intruse se lasse.

De nouveaux coups contre la porte.

– Je sais que tu es là ! Ton horrible pick-up est garé devant la maison…

Dina ne peut s'empêcher de pouffer. Peter la recadre d'un froncement de sourcils mais il est difficile de le prendre au sérieux avec les manches d'un imperméable qui lui tombent sur les épaules.

– Qu'est-ce que tu fais là ? lui chuchote-t-elle. Tu n'es pas venu depuis longtemps.

Il sourit.

– Je t'ai manqué ?

Dina voudrait croiser les bras pour manifester sa mauvaise humeur mais elle n'en a pas la place. Leurs visages sont proches. Leurs souffles se mêlent.

– Qu'est-ce que tu fais là ? insiste-t-elle.

Il tire sur la manche d'un manteau.

– Il me fallait un imperméable…

Mandy continue de tambouriner.

– Dina, tu ne m'as pas rendu ton uniforme depuis le barbecue. Si tu crois pouvoir t'en sortir avec un ensemble gratuit, c'est mal me connaître !

Peter repousse un cintre et vient murmurer à l'oreille de Dina :

– Il y a du nouveau. Le médecin va être muté au siège de la NASA.

– À Washington ?

Peter hoche la tête.

– Il a fait une demande de transfert qui a été acceptée.

– Tu crois que Cherry lui a tout raconté ?

– Il est promu.

Dina secoue la tête et une mèche de ses cheveux vient caresser la joue de Peter.

– La coïncidence est troublante.

Mandy s'acharne sur la sonnette.

– Rends-moi cet uniforme !

Les deux reclus dans le placard ne prêtent aucune attention à ses propos. Il fait chaud entre les vêtements. Dina se mord les lèvres.

– Nous allons devoir modifier la mission ?

– J'attends les ordres mais il est certain qu'une exfiltration sera bien plus difficile à organiser depuis Washington.

– Il faut agir rapidement !

Peter hoche la tête. Un voile sombre recouvre ses yeux. Dina comprend immédiatement.

– S'il n'est pas possible de l'exfiltrer pour le juger, il faudra l'éliminer.

L'instructeur hausse les épaules. Il sait que sa recrue connaît la suite.

– Et par là même, éliminer Cherry…, poursuit Dina.

– C'est le protocole. Elle en sait trop.

Dina se rapproche encore. Leurs visages ne sont plus qu'à quelques millimètres. Leurs poitrines se soulèvent au même rythme.

– Laisse-moi une dernière chance.

– Il ne fallait pas l'impliquer.

– Je peux la retourner ! Elle peut être un atout pour la mission. Rien n'est fichu.

Il passe une main dans ses cheveux, comme à chaque fois qu'il réfléchit. Une ride profonde vient marquer son front. Dina ne l'avait pas remarquée jusque-là.

– Quand la mutation doit-elle prendre effet ? demande-t-elle.

– À la fin de l'année.

– Laisse-moi jusqu'à Noël !

Elle pose ses mains sur les épaules de Peter. Il soupire.

– D'accord. Mais si à Noël, tu n'as pas trouvé de solution, je m'en occuperai personnellement.

– Merci !

Dina est tellement soulagée qu'elle serre Peter dans ses bras. L'étreinte passée, un silence gêné envahit le placard. Le regard de l'instructeur se fait intense. Dina repense à ses visites précédentes, à la caresse sur la joue et à la fois où il lui a pris la main. Elle les revoit assis côte à côte dans le canapé comme un couple ordinaire.

– C'est pour me dire ça que tu es venu ?

La ride réapparaît sur le front de Peter.

– Je te protège.

Mandy frappe toujours à la porte. Dina esquisse un mouvement du menton vers l'entrée.

– Des mégères de Rocket District ?

– Entre autres.

Il fait de plus en plus chaud dans ce placard. Dina sent une perle de transpiration glisser dans son dos. Ses mains sont toujours posées sur les épaules de Peter. Elle sait que c'est interdit. Un agent ne doit pas être trop proche d'un autre. C'est mettre leur sécurité à tous les deux en péril. C'est interdit et pourtant elle décide de franchir la barrière.

Elle se met sur la pointe des pieds et pose ses lèvres sur celles de Peter. Il est d'abord pétrifié. Lui, l'instructeur glacial, l'homme sombre et plein de secrets. Malgré la langueur de l'atmosphère, il ignore où ce moment les mènera. Il ne sait jamais de quoi la minute suivante sera faite. Les hommes planifient, l'univers rit.

Le temps est assassin. Chaque minute est volée à un destin beaucoup trop court. Lorsqu'on vit dangereusement, on ne fait pas de plans sur l'avenir. Alors, lui aussi décide de succomber. Il serre la taille de Dina et l'attire contre lui.

Entre les manteaux pendus sur des cintres, ensemble ils bravent l'interdit.

Dehors, Mandy est partie. Elle reviendra à la charge prochainement. Mais, pour l'instant, ce n'est pas ce qui compte. À l'intérieur, deux agents formés pour fonctionner comme des machines à tuer, des robots sans sentiments, ont décidé de vivre. Vivre dangereusement.

28

Un fruit défendu

8 décembre 1961

Au début, leurs corps-à-corps étaient brutaux. Ils agissaient comme si c'était la dernière fois. Comme des combattants. Ils buvaient chaque goutte de bonheur jusqu'à étancher une soif dont ils ignoraient jusqu'à présent l'ampleur.

Dans une sorte de réminiscence des temps passés à l'entraînement, c'était à savoir qui prendrait le dessus sur l'autre. Ni l'un ni l'autre n'était prêt à s'abandonner. Les muscles étaient tendus, les bouches se dévoraient, les dos se cambraient. Une guerre des draps qui se finissait en extase.

Leurs nuits se sont maintenant apaisées. Deux mois qu'ils se voient en cachette. La férocité a laissé la place à la tendresse.

Les doigts de Dina parcourent la peau de Peter, y découvrent des monts et des vallées qu'elle couvre de baisers.

Peter a entrepris une exploration du corps de Dina, recensant dans son expédition tous les grains de beauté, s'amusant à leur trouver une ressemblance avec des formes connues. Tels des enfants qui jouent avec les nuages, ils ont retrouvé l'innocence de l'instant.

Allongés l'un contre l'autre dans le lit, ils écoutent les bruits de la nuit. Huntsville a beau être urbanisée, la vie sauvage ne l'a pas pour autant quittée. Il n'est pas rare de croiser des loups et des lynx dans les parcs et forêts. Au loin, le couple entend un coyote hurler dans les montagnes de Monte Sano. Quelques chiens du quartier lui répondent, puis la nuit reprend ses droits. Seules deux âmes veillent dans la chaleur de la chambre.

Dina n'a jamais véritablement aimé un homme. Elle a triché, manipulé, torturé mais jamais aimé. Ses caresses n'étaient que des tromperies pour arriver à ses fins. Éliminer les monstres. Les mêmes monstres qui peuplent ses cauchemars depuis la mort de ses parents.

Aujourd'hui, elle découvre la paix. Cette nuit, Dina et Peter ne sont plus des agents mais des amants. Alors, c'est cela le bonheur ? C'est donc ainsi que se sentent les gens ordinaires ? Ceux qui ne portent pas le poids du passé et la responsabilité de venger les disparus.

Dina se dit que sa vie aurait pu être différente. Si l'ignorance est le prix à payer pour ce bonheur alors elle est prête à l'assumer. Prête à oublier les photos d'hommes et de femmes décharnés, agglutinés devant les grilles des camps, les mains déchirées par les barbelés, les cheveux rasés, résignés à prendre une douche dont ils ne reviendront pas. Oublier les enfants aux yeux vitreux, vidés de leurs rêves et de leurs espoirs.

Elle voudrait pouvoir effacer d'un clignement de paupières toutes ces souffrances et pouvoir vivre dans la joie de l'insouciance. Elle se blottit contre le corps chaud de Peter et enfouit le nez dans son cou. Elle connaît la moindre parcelle de sa peau et pourtant elle a l'impression qu'il lui reste un mystère à percer. Elle ne sait rien du passé de son amant. Elle ignore même son véritable prénom. Mais elle a compris qu'il ne servirait à rien de le presser. Il se confiera quand il sera prêt.

Peter passe une main autour de la taille de Dina. *Et si une vie normale était possible ?* Lui aussi se pose la question. Il ne s'est pas senti aussi bien depuis des années. Il ne pensait même pas que cela était possible. Il voyait son avenir comme une succession de luttes jusqu'à ce qu'un jour il tombe sur un ennemi plus fort que lui. Fin. Baisser de rideau sur une vie de combat et de douleur.

La délicatesse de la peau de Dina, le parfum de ses cheveux qui lui chatouillent la nuque le ramènent à la vie. Mais cette résurrection n'est pas gratuite. Le bonheur s'accompagne d'un bagage, celui de la peur. Peur d'être découverts et peur qu'il arrive quelque chose à Dina.

Cette mission est périlleuse. Il le savait depuis le départ. Le « Chirurgien de Buchenwald » et les autres membres de l'opération *Paperclip* sont retors et prêts à tout pour conserver leur cadre de vie. Et surtout, ils sont protégés par le gouvernement américain. Dévoiler l'opération pourrait mettre en danger les relations diplomatiques entre les USA et Israël. L'espionnage est un jeu d'équilibriste.

La quiétude sérotinale est propice au rêve et à tous les espoirs. Pour quelques heures, ils peuvent s'abandonner au plaisir d'évoquer une vie où ils seraient simplement un homme et une femme. Ils habiteraient dans un joli pavillon d'un quartier résidentiel. Ils auraient des enfants à qui ils apprendraient à faire du vélo et à grimper aux arbres.

Ou alors, ils pourraient s'enfuir, là, maintenant. Tout quitter, changer d'identité. Ils sauraient comment faire. Ils iraient se réfugier dans un cabanon au bord de l'océan. L'Asie, peut-être. Ils passeraient leurs journées en short et maillot de bain. Ils mangeraient des langoustes et des fruits du dragon.

Une tension dans le corps de Peter montre à Dina qu'il pense à la même chose qu'elle. Il échafaude des plans, dénoue les écheveaux d'une autre vie. Mais il lui suffit d'un frisson, d'un seul regard mélancolique pour revenir à la réalité. Ils ne seront jamais des gens ordinaires.

La connaissance est un fruit défendu qu'on ne peut recracher une fois avalé. Ils savent qui ils sont et quelle est leur mission. Ils vivent avec le poids des disparus et la responsabilité de leur faire justice. Leur existence n'a de sens que par la réparation. Et, cette réparation passe par la douleur et la destruction, c'est ainsi qu'on pourra apaiser les morts.

Peter attrape soudain Dina. Il malaxe sa peau, y enfonce ses doigts. La violence est de retour. La pulsion de vie qui lutte contre celle de mort. Dina se bat en retour et le chevauche. Amour et brutalité. Douceur d'un baiser et douleur d'une morsure.

Dans leur corps-à-corps, ils pensent tous les deux à l'échéance qui approche. Noël n'est plus très loin et Dina n'a pas encore trouvé de solution. Ils savent comment tout se terminera. Il ne reste que peu de semaines pour démêler la situation. Dina y croit encore. Peter lui laisse cet espoir. Quelques jours gagnés avant un final destructeur.

Dina enroule ses jambes autour de Peter. Elle laisse échapper un soupir. Deux amants survivants. L'aube ne tardera pas mais la nuit leur appartient encore.

29

Des rats de laboratoire

10 décembre 1961

C'est l'excitation qui règne partout dans les rues de Huntsville. La parade avec défilé du Train aura lieu dans seulement quatre jours pour célébrer l'Alabama Day, l'admission de l'État dans l'Union le 14 décembre 1819.

Aujourd'hui, tout le monde se fiche de la commémoration de l'Union, de la Confédération ou de la Sécession, ce qui occupe les esprits, c'est le Train qui défilera. Ce fameux bus reconverti que tous nomment affectueusement «le Train». Combien de chars cette année? Qui aura l'insigne honneur d'être présent sur chacun d'eux?

Comme souvent, c'est le centre spatial qui aura la vedette. Une grande bannière «Home to Redstone Arsenal» est déjà prête.

C'est la frénésie. On se rue dans les boutiques pour acheter une tenue de fête, on en profite pour prévoir les cadeaux de Noël. Les magasins diffusent des cantiques et des airs de Frank Sinatra ou de Dean Martin. Les vitrines sont décorées pour l'Alabama Day et pour les fêtes. Les citrouilles d'Halloween ont laissé place aux dindes de Thanksgiving puis aux fanions en forme de fusées et aux drapeaux de l'Alabama. Il fait bon vivre à Huntsville.

Dina sent cette effervescence dès qu'elle entre dans le *diner*. Avery et Tyler ont installé des guirlandes et des drapeaux. Aux boules de Noël se mêle la croix de saint André, cramoisie sur fond blanc, qui représente l'État.

Les Bomb Wives sont déjà assises à leur table et discutent vivement. En passant devant elles dans son uniforme orange, Dina essaie de capter le regard de Cherry mais c'est peine perdue.

Il ne lui reste que quelques jours pour agir. La mission d'exfiltration court à sa perte. Le Bureau lui a très clairement laissé entendre que si le médecin parvenait à quitter Huntsville pour Washington, ils prendront les choses en main. Peter devra faire le ménage derrière elle et éliminer Oscar ainsi que Cherry. Pas de procès, pas de réparation et la mort d'une innocente sur la conscience.

La carrière de Dina est également en jeu. On ne peut pas décevoir le Bureau. C'est la réussite ou la porte. Elle le savait quand elle s'est engagée.

Au passage lui parviennent des bribes de conversations.

– Il paraît que Wernher m'a spécifiquement demandée. Il veut que je sois sur le premier char, fanfaronne Mandy.

– Quelle chance ! s'exclame le groupe.

– Je croyais que c'était son épouse, Maria von Braun, qui devait l'accompagner, intervient Cherry.

Mandy lui lance un regard noir.

– Elle est souffrante.

– La pauvre, plaint le chœur.

– Heureusement que je suis là pour prendre le relais. Ils savent qu'ils peuvent compter sur moi pour représenter au mieux les épouses de scientifiques.

Personne ne sait à quoi se réfère exactement le « ils » de « ils savent ». Le centre spatial ? Le gouvernement ? Le peuple américain dans son intégralité ?

Elle lève un bras victorieux.

– Nous faisons partie de la *rocket team* !

Mandy continue à pérorer tandis que Dina rejoint Avery et Tyler. Si la patronne est à la fête, le géant noir paraît tendu.

– Tout va bien, Tyler ?

Il jette un œil suspicieux autour d'eux. Les clients sont attablés, le juke-box joue « Chestnuts Roasting on an Open Fire » de Nat King Cole, Avery discute avec un voisin. Il attrape Dina par l'épaule et franchit les portes ranch qui séparent le restaurant des cuisines.

Seul avec elle entre les fourneaux, Tyler se sent plus libre de parler.

– Il se passe quelque chose de grave.

Dina fronce les sourcils.

– Qu'y a-t-il ?

– Tu sais que j'ai adhéré au Community Service Committee afin de faire valoir nos droits civiques…

Elle acquiesce simplement, ce qui l'encourage à poursuivre son explication.

– Mes amis m'ont fait part d'informations très inquiétantes.

– Tu en as parlé à Avery ?

Il secoue la tête.

– Non, elle s'inquiéterait trop. Et puis, tu la connais, elle foncerait dans le tas sans penser aux conséquences. Ce que j'ai appris pourrait être très dangereux.

– Et tu veux m'en parler, à moi ?

– Je sens que tu es différente.

– Différente ?

Tyler l'observe d'un œil perçant.

– Tu ne me feras pas croire que tu es une simple veuve qui est venue refaire sa vie à Huntsville, capitale de l'aérospatiale américaine.

– J'ignore de quoi tu parles…

– Peu importe. Je sais qu'à toi je peux le dire.

Il regarde une dernière fois autour d'eux.

– Le médecin du centre spatial, Oscar, et toute son équipe organisent des expériences sur nous.

– Qui « nous » ?

– Les Noirs.

Dina se souvient que Peter a fait mention d'expériences réalisées à leur insu sur les populations défavorisées ainsi que sur les soldats.

– Raconte-moi ce que tu as appris.

Tyler s'appuie contre le plan de travail.

– Les Noirs sont encouragés, contre rémunération, à participer à des expériences médicales soi-disant sans danger. Mes amis m'ont raconté qu'on leur a fait mettre sur le visage des masques à oxygène qui diffusaient des sortes de…

Il mime des guillemets.

– … « vitamines ».

Il ne laisse pas le temps à Dina de répondre et poursuit :

– Beaucoup d'entre eux ont maintenant des troubles psychologiques, des amnésies, de l'épilepsie… Certains ont même tenté de se suicider !

– Tu penses qu'il y avait de la drogue dans ces masques ?

– J'en suis sûr !

Dina se souvient du dossier montré par Peter qui rapportait certaines des expérimentations réalisées par les médecins nazis. Des drogues étaient inoculées aux cobayes, du LSD, de la mescaline, du BZ, de la SNA.

– Mais le pire, ce sont les enfants, continue Tyler.

Devant l'air consterné de Dina, il explique :

– Particulièrement les enfants handicapés. Plusieurs de mes amis m'ont dit qu'on avait proposé à leurs enfants de rejoindre le « club scientifique » de l'école. Au début, ils étaient très heureux qu'on veuille enfin inclure leurs enfants dans les activités périscolaires. Mais des maladies ont commencé à circuler. L'état des petits s'est très vite détérioré.

– De quelle manière ?

– D'après mes informations, on leur a donné de la farine d'avoine radioactive. Le but serait d'étudier les effets des matières radioactives sur les enfants. Pour ces scientifiques, ceux qui sont handicapés ne représentent pas une grosse perte.

Dina est suffoquée. Elle peine à respirer. Les photos des enfants mutilés retrouvées dans le bureau d'Oscar lui reviennent en mémoire. Le médecin continuerait ses recherches ici aux États-Unis ?

Appuyée contre le plan de travail en céramique, elle attrape machinalement la première chose qui lui tombe sous la main. Un couteau à viande. Ses doigts le serrent fort sans même qu'elle s'en rende compte.

– Que peut-on faire ? demande Tyler, inquiet. Impossible de nous plaindre aux autorités puisque ces programmes de recherche sont financés par le gouvernement.

Sa mâchoire se crispe.

– Je ne peux pas laisser les miens se faire traiter comme des rats de laboratoire !

Dina serre toujours le couteau. Le manche lui rentre dans le poignet et lui coupe la circulation. Son cerveau tourne à plein régime. Les noms des siens se mélangent à présent à ceux des victimes sur les photos et à ces enfants noirs malmenés. *Hannah, David, Esther, Ismaël, Saul…* La colère l'envahit tout entière. Elle n'est plus qu'une arme chargée qui sait qu'elle atteindra sa cible.

Le Bureau a dit qu'une exfiltration était souhaitable. Le procès du « Chirurgien de Buchenwald » serait retentissant, surtout à la lumière de ces nouvelles informations. Mais « souhaitable » ne signifie pas obligatoire.

Les doigts de Dina rentrent en contact avec la lame froide. Une goutte de sang perle juste à l'endroit où elle s'était coupée en rencontrant Oscar. Elle se souvient de la manière dont il l'avait soignée, de la façon dont elle avait douté en le rencontrant. Elle ne doute plus à présent. Sa décision est prise.

Elle repose le couteau.

– Je vais m'en occuper.

– Comment ?

Elle presse l'épaule de Tyler.

– Ne t'en fais pas pour ça. En attendant, préviens tous tes amis du Community Service Committee de ne pas accepter de participer à ces expériences.

Tyler hoche la tête. Avery l'appelle depuis la salle du restaurant. On réclame ses légendaires œufs au bacon.

Dina reste seule dans la cuisine. Elle ne prend même pas la peine d'essuyer le sang qui coule sur ses doigts. Une seule image est incrustée dans son esprit. Oscar. Elle sait ce qu'elle doit faire. L'éliminer.

30

Le ver est dans la pomme

La journée est passée comme un nuage devant le soleil. Floue et nébuleuse. Dina a servi mécaniquement les clients, rempli des mugs de café et des assiettes de frites ou de chili.

Depuis ce matin, Tyler et elle n'ont pas reparlé des expériences. Avery ne s'est rendu compte de rien.

Dina rentre chez elle les jambes lourdes mais l'esprit acéré. Elle avait pourtant prévenu Peter, elle est faite pour les missions de courte durée, les éliminations simples et sans bavure. Cette infiltration dans Rocket District était une erreur. Elle a tout fait rater ! Mais fichu pour fichu, elle ne compte pas partir sans en finir avec Oscar. Elle organise déjà les aspects pratiques. Elle est dans son élément.

Elle en est à se demander si l'usage d'une arme blanche ou d'un pistolet serait le plus adapté quand la sonnette retentit. Dina soupire. Elle n'a pas envie de parler à qui que ce soit. Pas ce soir. Le seul qu'elle veut voir, c'est Peter.

Le carillon encore. Elle devrait se débarrasser de ce visiteur. Pendant un moment, elle imagine le médecin derrière cette porte. Depuis cette soirée dans le bureau, ils ne se sont pas croisés. A-t-il tout oublié ? Se méfie-t-il d'elle ? Qu'a-t-il fait des photos et des documents qui étaient cachés ?

Elle attrape un tisonnier métallique dans la cheminée. Facile et efficace. Un coup sur la tempe et tout sera terminé.

Des pas s'éloignent sur le gravier. Dina ouvre précipitamment la porte en dissimulant le tisonnier derrière son dos.

– Cherry ? s'exclame-t-elle sans parvenir à cacher sa surprise.

L'épouse d'Oscar se retourne. Elle porte une robe en laine couleur pêche qui laisse poindre un ventre proéminent. Dina ne peut s'empêcher de la trouver attendrissante dans cette robe informe qui la fait ressembler plus que jamais à un fruit tout rond. Comment imaginer que ce bébé qui l'épanouit soit le produit de cette femme et d'un criminel ?

Cherry replace une mèche derrière son oreille. Elle paraît gênée.

– Je ne te dérange pas ?

Dina pose le tisonnier contre le mur et lui fait signe d'entrer. Les deux femmes se retrouvent dans le salon.

– Un thé ? propose Dina.

Cherry secoue la tête. Elle n'est pas venue pour des mondanités. Elle s'assied sur le canapé.

– Je n'en ai parlé à personne. Enfin, de toi, je veux dire… de ta fonction. Du Mossad… de…

Dina s'assied à ses côtés.

– J'ai compris.

– Oscar ne sait pas que je suis là. Il me croit à un atelier du Cercle des affaires féminines.

– Pourquoi ne pas m'avoir dénoncée ?

Cherry hausse les épaules.

– Je ne sais pas. Je pense que j'étais perdue. Il était plus facile de faire comme si de rien n'était. Mais je ne supporte plus les autres femmes. Leur mesquinerie, leur arrogance.

– Pourtant tu les fréquentes toujours.

– Je suis bien obligée ! Tu ne peux pas savoir ce que c'est d'être une épouse. Je dois me plier à toutes les exigences de la vie maritale.

Cherry s'enfonce dans le canapé.

– Finalement, j'aimerais bien quelque chose à boire.

Dina se lève et va leur chercher une liqueur d'orange. Même si rien ne l'interdit, elle ne se voit pas proposer un whisky à une femme enceinte. Cherry attrape une cigarette dans le paquet posé sur la table.

– Tu fumes ? remarque Dina.

Cherry laisse échapper une volute de fumée.

– Seulement quand je suis avec toi.

– Je dois avoir une mauvaise influence…

Cherry regarde la fumée s'échapper.

– Il paraît que c'est bon pour les poumons. En tout cas, c'est ce que dit la publicité.

Un silence s'installe.

Dina n'en peut plus d'attendre et de faire semblant.

– Pourquoi es-tu là ?

Cherry prend le temps de boire une gorgée et d'aspirer une bouffée puis elle écrase sa cigarette dans le cendrier. Ses yeux sont différents. Toujours noisette mais la lueur innocente qui les habitait a disparu. Dina peut maintenant y lire une détermination nouvelle. Une force mêlée à de la rage.

Cherry se redresse et pose une main sur son gros ventre. Elle fixe Dina.

– Je vais t'aider.

Dina se place en face d'elle dans le fauteuil. Elle veut pouvoir la jauger. Se moque-t-elle d'elle ? Est-ce un piège ? Est-elle envoyée par Oscar ?

Cherry reste inébranlable. Le regard fier et acéré.

– Pourquoi avoir changé d'avis ? demande Dina, sceptique.

L'agente a du mal à comprendre ce revirement soudain. Elle repense aux photos de jumeaux amputés, mutilés, assassinés, dans le bureau du médecin. Cherry les a vues, elle aussi. Et ce brassard nazi sur le tapis, elle n'a pas pu passer à côté non plus. Elle la revoit fracassant un vase sur le crâne de son mari. Puis, choquée, en train de ramasser les morceaux au sol.

La femme en face d'elle est-elle une pauvre petite chose fragile ou une battante ? Une apparence aussi innocente peut-elle receler des mystères dont Dina ignore l'étendue ? Cherry est un fruit bien mûr, certes, mais y a-t-il un ver à l'intérieur de la pomme ?

L'épouse passe une main sur son ventre en un geste aussi affectueux que protecteur.

– Je suis allée voir le médecin aujourd'hui.

Comme Dina ne réagit pas, elle poursuit :

– Un autre médecin qu'Oscar, évidemment.

Dina incline la tête, manifestant son intérêt autant que son incompréhension.

– Il m'a fait écouter le cœur du bébé.

Dina ne voit pas où son ancienne amie veut en venir. Cherry continue :

– Enfin, les cœurs des bébés.

– Tu veux dire…

Cherry acquiesce.

– J'attends des jumeaux.

Tout devient clair à présent. Cherry a bien vu les clichés dans le bureau de son mari. Mais il fallait un déclic pour embraser la flamme. Si l'épouse n'a pas réagi, la future mère, si. Comment s'imaginer vivre aux côtés d'un homme capable de telles atrocités ? Comment avoir confiance et le laisser embrasser les joues joufflues de ses propres petites têtes blondes ?

Cherry n'est plus un tendre fruit, c'est une mère prête à se battre pour ses enfants. Le ver est bien dans la pomme.

31

Sans toi, il n'est rien

Tout est réglé dans la soirée. Une nuit courte mais productive. Autre entorse au règlement, Dina a présenté Peter à Cherry. Ils sont maintenant assis tous les deux, côte à côte, sur le canapé en train de prendre des notes sur une feuille blanche.

Dina les observe de loin tandis qu'elle remplit les verres. Elle a décidé d'appeler Peter dès qu'elle a compris pour Cherry. Il s'est renfrogné en découvrant la femme du « Chirurgien de Buchenwald » en face de lui dans ce salon. Puis, une fois que Dina lui a tout expliqué, il a semblé reconnaître l'atout que Cherry pouvait enfin représenter pour la mission.

En organisant cette rencontre, Dina sait qu'elle va à l'encontre de toutes les règles de base du Bureau. Elle espère secrètement que si Peter apprend à connaître Cherry, il n'envisagera plus de l'éliminer dans le cas où la mission échouerait.

De son côté, l'instructeur a saisi l'opportunité qui se présentait à lui. Cherry n'est qu'un pion qu'il manipule pour tirer son épingle du jeu. Si le pion ne sert plus, il devra s'en séparer. C'est la règle du jeu.

La nuit est tombée sur Rocket District. Le salon est baigné dans une lumière orangée, il sent les vapeurs d'alcool et la cigarette. Un nuage de fumée flotte tel un brouillard dissimulant les comploteurs qui échafaudent un plan. L'exfiltration est de nouveau sur les rangs. La mission sera peut-être sauvée, finalement ! Le retournement de Cherry est inespéré. Elle est le cheval de Troie qui leur manquait.

Leurs trois têtes sont penchées sur la feuille de papier sur laquelle griffonne Peter. Les visages sont concentrés, les traits tendus, les sourcils froncés. Quelques volutes de fumée s'échappent de leurs lèvres quand ils parlent. L'atmosphère est sérieuse. Il n'y a pas de temps à perdre.

Cherry a pris la précaution de téléphoner chez elle pour indiquer à Oscar que son atelier se prolongeait. Elle l'a informé qu'un reste de poulet l'attendait dans le réfrigérateur avec une purée et des haricots verts. En bonne épouse, elle lui a demandé s'il s'en sortirait. Il s'est moqué en rétorquant qu'il était médecin, il saurait bien faire fonctionner un four.

Cherry sait qu'il ne vérifiera pas son alibi. Oscar se moque de ses activités. Il ne parle jamais aux autres Bomb Wives et ne l'interroge pas sur ce qu'elle fait de ses journées. Il dînera, regardera un peu la télévision tout en feuilletant le journal puis ira se coucher sans se demander une seule seconde ce que sa femme est en train de faire.

Au pire, s'il l'interroge, elle prétextera l'organisation d'une collecte pour Noël à l'église.

Il se couchera comme un bienheureux, le ventre plein et l'esprit à ses recherches du lendemain. Pas de place pour une épouse là-dedans.

Cherry fournit aux agents de précieuses informations. Elle explique que, cette année, Oscar présidera le char dédié à l'équipe de médecins du centre spatial pour le défilé de l'Alabama Day. Le char sera décoré d'immenses seringues en carton, de gros tubes à essai et d'un astronaute en carton-pâte. Oscar sera seul car il y aura peu de place.

Unique ombre au tableau pour l'ego du médecin, son char sera le dernier de la parade. Il y voit un manque de respect, Peter y voit une aubaine. Si le défilé prend la forme d'un train, les différents chars ne sont, en réalité, que de grandes remorques prêtées par les agriculteurs du coin, décorées au mieux et qui se pilotent comme des tracteurs.

– Je pourrais m'arranger pour conduire son char, pense tout haut Peter.

– Un technicien de l'équipe d'Oscar s'est déjà proposé.

L'agent hausse les épaules avec un demi-sourire.

– Ce ne sera pas un problème.

Il sait déjà comment il assommera le conducteur pour prendre sa place. Rien de plus facile. Il se tourne vers Dina.

– Je conduis le char, je suis les autres pendant un moment puis il me suffit de bifurquer dans une ruelle pour m'éloigner.

Dina enchaîne :

– Je t'attendrai dans un coin isolé en dehors de la ville où j'aurai garé une camionnette. Nous transférerons le médecin à l'arrière et nous nous rendrons directement à l'aéroport, où le Bureau aura prévu un avion pour l'exfiltrer.

Ils se regardent. Ce plan peut fonctionner ! Ils n'ont même pas besoin de se parler pour se comprendre. En amour comme à la guerre, ils savent comment chacun raisonne.

Cherry les interrompt.

– Oscar ne se laissera jamais faire !

Peter et Dina échangent un regard entendu. Il hoche la tête. Il vaut mieux que ce soit Dina qui explique la suite. Elle pose ses mains sur les genoux de Cherry.

– C'est là que tu interviens. Tu verseras un somnifère dans la boisson de ton mari avant qu'il parte pour le défilé. Le temps que la drogue fasse effet, il aura l'air normal devant ses collègues et sur le char. Mais il sera déjà groggy quand nous le transporterons.

Stupéfaite, Cherry laisse le pragmatisme de l'épouse prendre le dessus.

– Mais, je n'ai pas de somnifère !

– Nous t'en fournirons un.

– Et s'il s'en rendait compte ?

– Aucune chance, la drogue n'a aucun goût. Tu n'auras qu'à la verser dans son café au petit déjeuner.

– Je ne suis pas sûre d'y arriver…

– Il te suffira d'agir normalement.

Cherry panique. Elle tire frénétiquement sur son mégot.

– Je ne sais pas si j'en serai capable.

Dina sent Peter se crisper. Si elle ne parvient pas à rassurer Cherry, toute la mission pourrait tomber à l'eau. Elle attrape les mains de son amie.

– Tu peux le faire. Pense à tes enfants.

Cherry semble refaire surface. Elle regarde son ventre puis Dina et Peter. Elle observe la pièce comme pour la première fois et prend conscience de ce qui se prépare.

Dina fait signe à Peter d'aller prévenir le Bureau. Il s'éloigne dans la cuisine pour téléphoner afin de les informer des derniers éléments et d'organiser l'acheminement par avion.

Cherry plante un regard inquiet dans les yeux de Dina.

– Que va-t-il arriver à mes bébés une fois que mon mari sera arrêté et jugé ? Je ne pourrai pas rester ici.

Elle se lève, la panique est de retour.

– Comment les élever sans père ? Je suis complètement folle de vous aider.

Elle attrape l'épaule de Dina.

– Il faut tout arrêter. Je ne pourrai pas élever mes enfants toute seule. Regarde-moi, j'en suis incapable. Je ne sais rien faire par moi-même. Sans lui, je ne suis rien.

Dina sent la panique la gagner à son tour, mais elle ne peut pas se laisser submerger elle aussi. Elle est fatiguée et inquiète. Si Cherry leur file entre les doigts, c'est la fin.

Elle force son amie à se rasseoir.

– Le Bureau peut t'aider. Nous te procurerons de nouveaux papiers d'identité et tu pourras refaire ta vie loin d'ici.

– Toute seule ?

– Oui ! Tu préfères élever tes jumeaux aux côtés d'un criminel, d'un homme capable de torturer des enfants parce qu'ils sont différents ?

Cherry se prend la tête entre les mains.

– Je ne sais pas. Je ne sais plus…

Dina lui relève le menton.

– Tu es beaucoup plus forte que tu le crois. Ce n'est pas toi qui ne peux vivre sans lui mais le contraire. Sans toi, il n'est rien. Tu es sa couverture, ce qui le rend normal aux yeux de la société. Ne le laisse pas voler ta vie ni celle de tes enfants.

Cherry hésite.

– Le Bureau te donnera de l'argent pour que tu puisses démarrer une vie ailleurs, assure Dina.

Cherry se calme un peu et caresse son ventre. À l'intérieur, deux petits coups semblent lui donner le courage qui lui manquait.

– Fais-moi confiance. Je t'aiderai, promet Dina.

Elle se lève du canapé, Cherry l'imite.

– Maintenant, rentre chez toi. Tu es exténuée.

Cherry renifle. Elle sent le tabac et la peur mais ses yeux reflètent une détermination nouvelle. Elle essuie ses larmes avec la manche de sa robe de grossesse. Dans la cuisine, elles entendent Peter parler au téléphone.

Cherry fait un signe de tête dans sa direction.

– Vous êtes faits l'un pour l'autre.

Dina bredouille :

– Je ne…

Elle ne sait quoi répondre. Rien dans son comportement de ce soir n'a pu dévoiler à Cherry un attachement ou un quelconque lien avec Peter. Ils ont été parfaitement professionnels. Deux agents préparant une mission.

Cherry plaque une bise sur la joue de Dina.

– Tu penses vraiment que je dois le faire ?

Dina n'a jamais ressenti une telle connexion avec un atout. Cherry n'est censée être qu'un pion dont elle se sert. Pourtant, elle tient à cette inconnue devenue son amie. Une femme prête à tout pour faire ce qui est juste.

– Hannah, David, Esther, Ismaël, Saul. Ce sont les prénoms de mes parents, de mon frère et de mes grands-parents. Ils ont été victimes de la barbarie d'hommes comme Oscar. C'est à eux que je pense avant une mission. Ils me donnent la force d'aller jusqu'au bout.

– Hannah, David, Esther, Ismaël, Saul, répète Cherry comme une incantation magique.

Elle hoche la tête et s'en va dans la nuit. Dina referme la porte, tremblante. Toute la réussite de sa mission repose sur la femme de son ennemi.

32

La cicatrice de Dina

Quatre ans plus tôt
10 août 1957, Munich

Dina est aussi fébrile qu'enthousiaste. C'est la première mission qu'on lui confie en tant qu'agent de terrain. Après un an au service du renseignement, elle fait enfin partie du Kidon. Cette branche du Mossad regroupe l'élite, les agents prêts à tout, ceux qui se chargent des missions les plus périlleuses. Celles où il faut tuer.

Pour cette première affectation, Dina devra éliminer un membre du ministère de la Culture. Si l'Allemagne a officiellement purgé ses rangs, il n'est cependant pas rare de retrouver au pouvoir d'anciens dirigeants nazis. Ainsi, Wilfried Schneider, ancien haut gradé et ami du Führer, bien que responsable de la spoliation de milliers d'œuvres d'art appartenant à des Juifs, est aujourd'hui chef de cabinet auprès du ministre de la Culture allemand. L'après-guerre tente d'effacer les traces de son passé et les mémoires sont vite balayées.

Wilfried a permis à Göring d'amasser une quantité exceptionnelle de tableaux de maîtres, sculptures, gravures et autres aquarelles pour sa collection personnelle. Il a aussi organisé l'infamante exposition d'art « dégénéré » en 1937 regroupant les œuvres d'artistes modernes tels que Picasso, Chagall ou Kokoschka.

La rencontre avec Dina doit avoir lieu dans le bar d'un hôtel où il a ses habitudes. En voyage d'affaires, l'homme sait se faire des petits plaisirs et profiter des largesses de l'État.

En tant qu'esthète, il aime les belles femmes. Dina sait qu'elle devra user de ses charmes. Elle y a été entraînée. Mais cette fois c'est différent. Il n'est plus question de dérober une montre ou des papiers à un innocent dans un bar. Elle a affaire à un criminel de guerre. Retors. Aguerri.

Le bar de l'hôtel offre une ambiance tamisée. Des fauteuils clubs en cuir brun, des tables basses en verre, un bar chromé. La modernité qui rencontre le luxe. C'est la première fois qu'elle officie en Allemagne. Wilfried a pour lui l'avantage du terrain. Dina a pour elle la beauté et la rage.

Elle connaît le goût de l'homme pour les jeunes femmes. Une robe avec un décolleté suffisamment profond pour être alléchant sans être provocant. Des bas de soie qui galbent ses jambes fuselées. Une paire d'escarpins à talons hauts. Et son air d'éternelle adolescente.

Bonne joueuse, elle lui laisse croire qu'il mène la danse. Avec un mélange de timidité et de sensualité, elle accepte de le rejoindre à sa table. Il la fait boire. Beaucoup. Les coupes de champagne se suivent. Dina n'a jamais l'occasion de voir son verre vide. Les bulles pétillent dans le regard de l'homme.

Elle fait l'ingénue qui se laisse griser. Un rire un peu trop fort, des yeux dans le vague. Pourtant, durant l'entraînement, elle a appris à supporter l'alcool. Cinq ou six coupes de champagne ne lui font aucun effet. Wilfried s'amuse. Il se rapproche un peu. Elle feint de ne pas le remarquer en raison de sa légèreté, d'une ivresse enchanteresse.

Leurs genoux se frôlent, leurs mains s'effleurent, leurs cuisses se pressent pendant la conversation en une série de petits hasards tactiles. Lorsque Dina croise les jambes, sa robe laisse entrevoir un bout de son porte-jarretelles en dentelle noire. L'homme sourit, il sait que la soirée sera bonne.

En vieil homme sûr de son pouvoir, il trouve parfaitement normal qu'une aussi jeune et belle créature soit subjuguée par son charisme. Il porte le coup de grâce en proposant d'aller siroter un dernier verre dans sa chambre. Il dispose, paraît-il, d'un excellent schnaps qu'il aimerait lui faire goûter. Dina fait mine de ne pas comprendre le sous-entendu et de le suivre en parfaite innocence.

La belle ingénue tangue un peu dans le couloir, il la soutient par la taille en riant de cette petite fille qui veut jouer les grandes.

La chambre est spacieuse et confortable. La baie vitrée permet d'admirer les rues éclairées de Munich. À voir ces centaines de lucioles, impossible d'imaginer que la ville était quasiment détruite au sortir de la guerre.

Une fois la porte refermée, il n'est plus question de schnaps ou de petits hasards. L'homme la dévore du regard. C'est un ogre qui se jette sur la pauvre enfant. Elle le contient, minaude en prétextant devoir se rendre à la salle de bains.

Elle ferme à clé la porte de la pièce carrelée. Elle peine à reprendre son souffle et s'assied sur le bord de la baignoire pour permettre à son cœur de se calmer un peu. Le sang bat dans ses tempes.

Elle peut le faire. Elle doit le faire. Peter et le Bureau comptent sur elle. La jeune recrue sait que l'instructeur a pesé de tout son poids pour lui faire intégrer le Kidon.

Elle fait couler de l'eau pour gagner du temps et réfléchit à toute vitesse à ses différentes options. Elle pourrait attirer l'ogre et le noyer ici.

Elle se lève et observe son reflet dans le miroir. Elle replace une mèche derrière son oreille, se mord les lèvres pour les rosir. Elle commence à reprendre ses esprits. Sa mission sera un succès. Il le faut.

Elle déloge le petit pistolet caché dans son porte-jarretelles et, pour la première fois, se demande ce qu'elle va en faire. Elle ne peut pas sortir de la salle de bains l'arme simplement cachée derrière son dos. Trop voyant et trop bruyant. Le coup de feu alerterait forcément le personnel de l'hôtel.

Lors de la préparation de la mission, tout semblait facile. Une balle à travers l'oreiller pour atténuer le son de la déflagration. Simple et efficace. Mais là, ce n'est pas possible.

Tant pis, elle abandonne le pistolet qu'elle cache dans un tas de serviettes moelleuses. Elle passe au plan B, elle saura bien se débrouiller.

Elle ouvre la porte. L'homme est allongé sur le lit. Il a retiré ses chaussures et dénoué sa cravate. L'heure n'est plus aux mondanités. L'atmosphère est encore plus tamisée, une simple lampe allumée dans un coin éloigné de la pièce et les lumières nocturnes de Munich.

Hannah, David, Esther, Ismaël, Saul… Dina s'approche du lit lentement, d'une démarche féline qui met en valeur la courbe de ses hanches.

Lorsqu'elle pose une main sur le lit, Wilfried considère qu'il a suffisamment attendu. Il l'attrape, l'allonge et l'écrase de tout son poids.

Dina essaie de garder la tête froide, de se souvenir de ce qu'on lui a appris à l'entraînement. Les femmes sont des appâts pour le Bureau. La plupart de leurs missions se terminent dans un lit. Elle le savait bien. Mais elle n'avait pas prévu ce dégoût qui l'envahit. Ces mains qui palpent sa poitrine et cette bouche qui la dévore ne sont pas celles d'un innocent mais d'un criminel responsable de la déportation et de la mort de milliers d'hommes, de femmes et d'enfants.

Elle ne le supporte pas et tente de le repousser.

– Non.

Il pense à un jeu et y va plus fort.

– Non !

Au bord de la nausée, elle le chasse. Il s'agace et la gifle.

– Tu m'as coûté assez cher en champagne ! Je compte bien un retour sur investissement.

Il appuie fort sur ses bras pour la bloquer. Dina panique. Elle ne sait plus quoi faire ou quoi dire pour l'arrêter. Elle improvise :

– Je sais ce que vous avez fait. Le « Collectionneur de Göring »…

La tactique semble fonctionner. L'homme est désarçonné. Il réfléchit. Toute cette soirée, la rencontre avec cette femme, serait-ce un piège ? Il a entendu des rumeurs au sujet d'anciens cadres nazis qui auraient été retrouvés morts dans des circonstances étranges. Il n'y avait pas cru jusqu'ici.

Dina est parvenue à se délivrer. Assise sur le rebord du lit, elle lui tourne le dos, même le regarder lui donne envie de vomir. Elle va devoir agir, c'est maintenant ou jamais. Une lutte *mano a mano* ? Courir dans la salle de bains pour récupérer son arme ?

Elle est en train de rajuster sa robe quand elle sent une violente douleur lui déchirer le dos et, en une seconde, elle comprend. L'homme a l'avantage du terrain, l'expérience de la perversité et un couteau dans sa table de nuit.

Le dos de Dina la lance. Du sang chaud dégouline sur sa peau et vient tacher les draps blancs. Heureusement, l'adrénaline permet de supporter la douleur. L'instinct de survie prend le dessus. Elle laisse échapper un cri rauque, animal, et se jette sur l'homme. Elle attrape la lampe de chevet et la lui fracasse sur le crâne. Il chancelle mais résiste. Trop tard, telle une amazone, Dina s'assied sur lui, comprime son torse entre ses cuisses et emprisonne ses bras.

Elle prend un oreiller et le plaque sur le visage du Collectionneur. Il rue, se cabre, tente tout pour échapper à l'emprise de Dina mais elle tient bon. Elle ne voit plus rien. Des étoiles sombres viennent danser devant ses yeux. C'est lui qui s'asphyxie et c'est elle qui souffre. La douleur dans son dos est tellement forte.

Quelques soubresauts et puis enfin le calme. Les jambes de l'homme retombent sur le matelas et ses bras sont inertes. Dans un état second, Dina parvient à téléphoner à Peter. C'est ce qu'il était convenu de faire en fin de mission. Il attend dans un appartement pas très loin.

Lorsqu'il entre dans la chambre, l'instructeur découvre deux corps allongés côte à côte. Celui de l'homme est déjà froid, Dina respire encore. Les draps, autrefois blancs, sont maculés de sang.

Dina se réveille à l'hôpital et lui fait un résumé complet de la soirée. Froidement, cliniquement, Peter lui expose point par point les défauts dans sa préparation.

Avant de quitter la chambre impersonnelle et aseptisée, il se retourne :

– Ça te servira de leçon pour la suite.

Elle ferme les yeux. Elle a bien tiré un enseignement de cette débâcle. Elle observe dans le miroir l'entaille qui zèbre son dos. La cicatrice de Dina est là pour lui rappeler qu'une seconde d'inattention et tout peut basculer.

33

Le paradis

13 décembre 1961

C'est une nuit sans lune. Peter passe une jambe au-dessus du drap pour se rapprocher encore un peu de Dina. Leurs deux corps sont lovés l'un contre l'autre comme s'ils ne formaient qu'un seul et même animal. Une sorte de monstre mythologique à huit pattes et deux têtes. Une créature qui se nourrirait de baisers et de caresses.

Le calme règne sur Rocket District à cette heure tardive, même les coyotes se sont tus. Peter sait qu'il ne devrait pas être là. Il enfreint toutes les règles. La prudence a été son unique compagne pendant des années et voilà qu'il la délaisse pour le dos chaud de Dina.

Il ne devrait pas et pourtant il est là. Le risque de se faire prendre ou d'éventer la mission de demain ne lui paraît plus suffisant pour s'éloigner d'elle.

Dans quelques heures à peine, ils redeviendront sages et disciplinés. Ils ont revu ensemble chaque partie du plan. Ils en connaissent les moindres détails. La seule variable est Cherry. Mais Dina lui fait confiance, alors Peter accepte de fermer les yeux et prie un dieu qu'il pensait avoir oublié pour que tout se passe comme prévu.

Dans la chaleur de ce lit, il se sent suffisamment en confiance pour livrer le secret qui le ronge depuis des années. Dina est allongée contre lui, elle lui tourne le dos, il sent le parfum de ses cheveux. Il enfouit son nez dans son cou pour se donner le courage.

– C'est le moment ? demande-t-elle.

Il est surpris.

– Quel moment ?

– Celui où tu vas enfin m'expliquer en quoi cette mission est spéciale. Pourquoi c'est « personnel ».

Elle veut se retourner mais il refuse.

– Non. Reste comme tu es. Je ne pourrai pas parler si tu me regardes.

Il la serre fort contre lui. Elle est l'ancre qui l'empêche de couler. Il veut rester ici, dans ces draps, et ne pas se laisser engloutir par les souvenirs.

– Ma femme et ma fille d'un an ont été envoyées à Buchenwald.

Il sent le corps de Dina parcouru d'un frisson.

– Sur place, elles ont rencontré Otto van Maiden, le médecin du camp.

Du menton, il désigne à travers la fenêtre la maison de Cherry.

– Oscar..., complète Dina.

– Il les a immédiatement trouvées intéressantes en raison de leurs yeux vairons. L'hétérochromie est une anomalie génétique qui affecte la couleur de l'iris. Il y avait là de quoi passionner un chercheur...

Il ne s'en rend pas compte mais il presse la main de Dina.

– Il leur a fait subir toutes sortes d'expériences pour voir s'il pouvait inverser la tendance. Rendre l'œil bleu, marron ou l'inverse. Il leur a injecté quantité de produits tous plus toxiques les uns que les autres. Ma femme est devenue aveugle.

Il prend une grande inspiration pour se donner la force de continuer.

– Mais il ne s'est pas arrêté là. Si la femme et l'enfant ne lui étaient plus utiles pour ses expériences oculaires, elles l'étaient toujours pour étudier les liens qui unissent une mère à son bébé. Les tortures ont continué.

Dina sent une larme couler dans son cou. Elle aimerait prendre Peter dans ses bras, le bercer et lui dire de tout oublier, mais elle sait bien que c'est impossible. Il est en train de se libérer d'un poison. Elle doit patienter afin d'être certaine que le venin soit entièrement évacué. Là, alors, elle pourra intervenir.

– Il leur a fait subir tellement de choses ! J'ai lu tous les rapports que j'ai pu trouver. Lorsqu'elles ont été raflées, en 1943, je n'étais pas à la maison. Il m'a fallu plus d'un an pour retrouver leur trace et savoir qu'elles étaient détenues à Buchenwald.

Peter se tait un moment. Il a l'impression d'être au cœur d'un ouragan. Il se cramponne à Dina pour ne pas s'effondrer.

– Juste avant la libération du camp par les Américains le 11 avril 1945, les SS ont ordonné une évacuation. Des milliers de prisonniers se sont retrouvés à marcher dans le froid de la forêt glacée, souvent sans chaussures. Ceux qui ne pouvaient plus avancer étaient fusillés.

Sa voix n'est plus qu'un murmure.

– Ma femme et ma fille sont mortes un jour avant la libération.

Dina s'autorise alors à se retourner. Elle découvre un homme au visage meurtri par la douleur. Ses yeux ne sont qu'un abîme de tristesse. Elle le prend dans ses bras et le cajole doucement. Elle murmure des paroles en yiddish, la berceuse que sa mère lui chantait quand elle était petite. Il y est question d'un loup qui veut dévorer les enfants mais qui n'y arrive jamais car maman est là pour veiller. Elle avait complètement oublié cette chanson, le souvenir remonte des tréfonds de sa mémoire. Elle le berce contre elle. Peau contre peau pour se rappeler la réalité de l'instant présent, ne pas sombrer dans le passé.

Une fois calmé, Peter lui prend les mains.

– Tu comprends maintenant pourquoi je le veux vivant ?

À vrai dire, Dina ne comprend pas. D'après elle, un homme comme Oscar ne mérite pas de vivre une seconde de plus. Ils se seraient épargné beaucoup de temps et d'énergie en le supprimant.

– Il doit être jugé pour ses crimes, explique Peter. Il le faut !

Elle se tait alors il continue :

– Nous, les Juifs, sommes vus comme des rats. Qui quittent le navire, d'égouts ou de laboratoire… Nous devons être au-dessus de tout cela. Au-dessus de la barbarie. Nous devons être irréprochables. Pour que jamais cela ne se reproduise.

Dina se souvient du procès d'Adolf Eichmann. Les victimes qui ont pu témoigner en le regardant droit dans les yeux. Les parents qui ont mis un visage sur le criminel qui leur avait pris leurs enfants. Et puis, la sanction finale : la condamnation à mort. La paix, enfin. Le sentiment de pouvoir se coucher sans craindre d'être réveillé en sursaut. La fin d'un calvaire. Un livre d'horreur dont on a refermé la dernière page.

– Je comprends.

Peter se redresse.

– Promets-moi que tu ne le tueras pas.

Dina se mord la lèvre. C'est une promesse impossible à tenir et Peter le sait. Une mission peut toujours déraper et l'agent être obligé de supprimer la cible. Mais elle se rend compte de l'importance de ce procès pour Peter.

– Je te le promets.

Peter lève les yeux vers Dina et elle y retrouve la vulnérabilité qui l'avait touchée au tout début de cette mission à Huntsville, quand elle avait entraperçu l'homme derrière l'instructeur.

Elle sait exactement ce à quoi il est en train de penser. Elle sait qu'elle ne réparera jamais le trou laissé dans le cœur de Peter par l'absence de sa femme et de sa fille. Tout comme ses parents d'adoption n'ont pu remplacer le vide béant de la disparition de sa famille. Mais elle peut essayer. Avec du temps et de la patience, ils parviendront peut-être à combler ces manques, à faire en sorte que le passé se transforme en souvenir et non plus en détresse.

Elle lui caresse la joue.

– Si tu n'étais plus agent, où vivrais-tu ?

Peter hésite à se prêter au jeu des « et si ». Rêver peut s'avérer cruel. Pourtant, ce soir, il s'autorise à imaginer une autre vie. Il se lève et va chercher quelque chose dans la poche de son pantalon. Il fait noir dans la chambre mais Dina devine sur le corps nu de son amant les mille et une cicatrices, souvenirs de missions plus dangereuses les unes que les autres.

Il revient et lui tend une carte postale. Dina allume la lampe de chevet pour l'observer. C'est un paysage idyllique. Une plage de sable blanc, léchée par une eau turquoise, nichée au pied d'une falaise volcanique. Tout au bout de la plage, une petite cahute en bambou.

Du vert, du bleu, du jaune, toutes ces couleurs ! Dina ne se souvient pas d'avoir vu un aussi beau spectacle. À travers le carton de la carte, elle peut sentir la chaleur du soleil sur sa peau, les embruns salés sur ses lèvres, la douceur du sable fin sous ses pieds, le silence seulement rompu par les vaguelettes turquoise.

Peter sourit de ce voyage imaginaire.

– El Nido, aux Philippines.

– C'est magnifique !

– Mon mentor m'a envoyé cette carte après avoir quitté le Bureau. C'est son refuge.

– Ça pourrait devenir le mien ! plaisante Dina.

– Vraiment ?

Dina s'assied en tailleur sur le lit, le regard toujours happé par la photo.

– Tu imagines vivre là-bas ? Ce serait le paradis !

Peter se laisse aller.

– Nous vivrons en maillot de bain toute la journée…

– Et nous mangerons des langoustes grillées, les pieds dans le sable.

– Nous ferons de la plongée sous-marine.

– Et du bateau !

C'est si bon de rêver, d'imaginer ensemble un avenir sans missions, sans contraintes, sans passé. Dina pense à son petit carnet noir, celui dans lequel elle raye soigneusement les noms de ses cibles une fois éliminées. Elle rêve à un avenir sans mémoire, juste de l'espoir.

Dina éteint la lampe mais la lumière de la plage d'El Nido reste longtemps gravée sous leurs paupières.

34

Prise au piège

14 décembre 1961

C'est le grand jour. Tout Rocket District est en ébullition pour l'Alabama Day. Telles des ruches, les maisons vrombissent d'une activité inhabituelle.

Les hommes enfilent les costumes repassés la veille par leurs épouses. Ils sentent l'excitation et le détergent. Le centre spatial est officiellement fermé en ce jour férié pour que chacun puisse en profiter. Seul le gardien du Centre veille jusqu'à l'heure du défilé. Après, il pourra rejoindre les autres.

Chez Mandy, John-Ross et Suzie sont parfaits. Raides, droits comme des « i » dans leurs habits amidonnés, ils patientent sagement en regardant la télévision dans le salon. Les mains sur les genoux et le dos droit pour ne pas froisser leurs vêtements.

Mandy est agitée. Elle bouge dans tous les sens. Ce n'est pas tous les jours qu'on sera la vedette d'un défilé ! Elle se voit en divinité sur son char, saluant la foule venue l'acclamer. Mais rien ne va. Ses cheveux n'ont pas assez de volume, sa joue est marquée par un pli disgracieux, souvenir d'une nuit où elle n'a pas réussi à trouver le sommeil.

Elle applique des sachets de thé sur ses paupières gonflées et inspecte mentalement sa tenue du jour. Elle a prévu une magnifique robe blanche en satin brillant, réplique de celle d'une autre femme de pouvoir : Jackie Kennedy lors de sa visite en juin dernier à Buckingham Palace.

John est aux petits soins avec elle ce matin. Il est fier de sa femme qui a été choisie pour représenter le char des épouses de scientifiques.

En ce jour de fête, chaque maison connaît donc une excitation joyeuse. Toutes sauf celle de Cherry. Elle n'a pas fermé l'œil de la nuit. Elle a pensé à sa vie d'après, celle loin de Rocket District et où elle sera seule avec ses bébés. Elle a l'impression de vaciller. Elle est au bord d'un gouffre, persuadée de faire une terrible erreur mais dans l'impossibilité de revenir en arrière. Elle va chuter, c'est certain.

Cherry s'agrippe au bord de l'évier pour reprendre ses esprits. Elle a suffisamment de recul pour se moquer d'elle-même. Elle se sent prise au piège alors que c'est justement elle qui s'apprête à piéger son mari. Elle fait rouler entre ses doigts le somnifère donné par Dina. Il s'agit d'une fiole contenant un liquide transparent. « La moitié devrait largement suffire », lui a expliqué son amie.

L'odeur du bacon en train de roussir la force à sortir de sa réflexion. On ne voudrait pas d'un bacon trop grillé en cette matinée festive. Oscar n'apprécierait pas. Elle l'entend, à l'étage, qui termine de se préparer. Dans quelques secondes, il lui demandera où se trouvent ses chaussettes qu'elle a pourtant pris soin de poser sur la chaise de la chambre avec le costume qu'elle a repassé pour ce grand jour.

– Où sont mes chaussettes ?

Les hommes sont de grands enfants. Elle se demande si ce genre de scène lui manquera. Après tout, la vie avec Oscar n'a pas été si mauvaise. C'est ce qu'il a fait avant de la rencontrer qui pose problème. Elle caresse son gros ventre et pense à ses jumeaux en même temps qu'à ceux des photographies trouvées dans le bureau. Ce n'est pas le moment de devenir sentimentale.

Le parfum du café lui donne la nausée. Elle voudrait le jeter dans l'évier mais Oscar ne peut pas démarrer une journée sans. Et puis, dans quoi verserait-elle son somnifère, sinon ?

Elle ouvre la fenêtre de la cuisine et aspire une grande bouffée d'air frais. Avec le centre spatial à l'arrêt, l'air est débarrassé de sa coutumière odeur de macadam fondu. À son arrivée à Rocket District, elle avait ressenti, comme tout le monde près du Centre, des maux de tête, des vertiges et des sifflements dans les oreilles. On lui avait expliqué que c'était tout à fait normal et sans danger. Elle s'y était vite accoutumée.

Ce matin pourtant, l'air du quartier est différent. Cherry se demande s'il s'agit du parfum de la liberté ou de la culpabilité.

Oscar entre dans la cuisine. Il a belle allure, rasé de près et les cheveux gominés. Son costume lui sied à merveille. L'homme paraît en pleine force de l'âge, aguerri par ses expériences passées et dans la confiance d'un avenir encore prometteur. Il sourit, fier de son effet, et immédiatement, c'est une autre image qui s'impose à l'esprit de Cherry. Celle d'Oscar en blouse blanche en train de martyriser de pauvres enfants dans un camp.

Il s'approche d'elle et l'odeur de son eau de Cologne fait remonter la nausée de sa femme. Il hume l'air annonciateur d'un copieux petit déjeuner. Satisfait, il s'assied à sa place en attendant d'être servi. Il déplie le journal et commence à parcourir les nouvelles du jour tandis que Cherry remplit son assiette de haricots à la tomate, d'œufs brouillés et de bacon parfaitement grillé. Il patiente car les toasts ne devraient pas tarder. Il y a des routines qu'on ne brise pas. Les toasts en dernier pour saucer les restes de sauce tomate.

Oscar n'est pas un bavard. Il n'a jamais aimé les conversations futiles de début de journée, celles où l'on se croit obligé de demander si l'autre a passé une bonne nuit ou comment la journée va se dérouler. Il apprécie le silence recueilli d'une bonne épouse qui le regarde savourer son petit déjeuner.

Cherry est fébrile. Ses mains tremblent quand elle verse le café dans une tasse. Oscar ne lui accorde aucun regard. Elle sort la fiole de la poche de son tablier. Elle la serre si fort qu'elle craint, un moment, de la briser.

Oscar tourne une page de journal. Le bruissement du papier la fait sursauter. C'est maintenant qu'elle doit agir. Elle dévisse le bouchon et verse l'intégralité du liquide dans le café. C'est seulement quand elle rebouche le flacon qu'elle repense au conseil de Dina : n'en mettre qu'une moitié. Elle éponge son front à l'aide d'un torchon. Tant pis.

Elle ajoute un sucre et touille à l'aide d'une cuillère. C'est le soulagement. Le liquide ne laisse aucune trace. Elle essaie de masquer l'empreinte de la culpabilité sur son visage en posant la tasse fumante sur la table mais elle a l'impression d'être une mauvaise comédienne un jour de première. Elle transpire et sent ses joues devenir cramoisies.

Elle dépose le mug avec une maladresse telle qu'Oscar lève la tête de son journal. Il l'observe en fronçant les sourcils. Le cœur de Cherry bat à tout rompre, prêt à s'échapper de sa poitrine. C'est peut-être ce qu'elle devrait faire, après tout, s'échapper. Elle ne sait pas de quoi cet homme est capable. Elle connaît Oscar le gentil médecin du centre spatial mais ignore tout du « Chirurgien de Buchenwald ».

Les yeux de son mari la transpercent. Elle n'arrive pas à dire s'il s'agit de l'inquiétude sincère d'un époux pour sa femme enceinte ou de celle d'un homme qui se méfie. Elle essuie une goutte de café échappée de la tasse et tente un sourire. Oscar s'en satisfait et plonge sa fourchette dans les œufs brouillés avant de retrouver son journal.

Cherry reste un moment pétrifiée puis se retourne pour laver une assiette. C'est la routine qui reprend. Monsieur à sa lecture, Madame à sa vaisselle. L'habitude est rassurante.

Mais le rituel matinal est interrompu par la sonnette de la porte d'entrée.

35

Pile ou face

Cherry dénoue son tablier et va ouvrir la porte. Comme elle se déplace lentement en raison de ses six mois passés de grossesse, le carillon retentit deux fois. Elle hâte le pas. Elle ne voudrait pas qu'Oscar s'agace ou que son visiteur s'impatiente. Elle a beau avoir versé un somnifère dans le café de son mari, des années de pratique font toujours d'elle une épouse disciplinée. Du moins, en apparence.

– Bonjour, John, salue-t-elle.

Il ôte son chapeau et incline légèrement la tête en guise de réponse. Il n'attend pas d'être invité à entrer et force le passage pour déposer ses affaires sur le portemanteau du vestibule. Comme un habitué, comme si tous les matins c'était le même échange qui se reproduisait. Pourtant, sa venue n'a rien d'habituel. Que vient faire le mari de Mandy chez elle ce matin ? Comment gérer l'endormissement d'Oscar et cette incursion ?

Oscar les a rejoints. Il a reconnu la voix de John. Bien que de grades quasi égaux, John n'en reste pas moins un des plus proches collaborateurs du grand Wernher von

Braun. Il en retire une aura qu'aucun homme, même un médecin de la qualité d'Oscar, ne peut nier. C'est donc avec un large sourire qu'il accueille ce visiteur surprise sous son toit.

– Mandy est insupportable avec ses préparatifs ! explique John à Oscar sans accorder plus d'importance à Cherry qu'à un valet d'hôtel. Tu la verrais s'agiter… Je me suis dit que j'allais venir prendre le petit déjeuner avec toi.

– Quelle bonne idée ! s'enchante l'autre en le gratifiant d'une tape amicale dans le dos.

Les deux hommes s'en vont dans la cuisine laissant Cherry dans l'entrée. Aucun d'eux ne s'est inquiété de savoir si cela pouvait la déranger de préparer un deuxième petit déjeuner pour cet autre héros de la nation.

Quand elle les retrouve dans la cuisine, ils sont tous les deux installés à table et discutent avec animation. Cherry découvre alors avec stupeur qu'Oscar a déjà sorti du placard une autre tasse dans laquelle il a versé un café à son collègue. Les deux sont identiques ! Même tasse, même cuillère. Laquelle des deux contient le somnifère ?

Cherry panique. Elle sent ses jambes flageoler. Si seulement elle n'avait pas versé la totalité du produit dans le premier café ! Elle a l'impression de jouer à un pile ou face mortel. Et si l'un des deux s'endormait là, maintenant, sur sa table de cuisine ? On l'accuserait immédiatement. Elle, avec sa tête de coupable et ses mains qui tremblent.

Pour retrouver un peu de courage, elle s'ancre à la routine. Ses bras battent les œufs mécaniquement, son corps s'agite pendant que son esprit cogite. Elle verse l'omelette dans la poêle sans même s'en rendre compte. Les deux hommes parlent du défilé et de l'importance du centre spatial pour une ville comme la leur. Sans eux, Huntsville ne serait qu'une bourgade du Sud comme les autres. Sans eux, l'Amérique n'irait pas dans l'espace.

Tandis que la deuxième tournée de bacon grille tranquillement, John taquine Oscar sur le fait qu'il va être la star du défilé en étant tout seul sur le char.

– L'année dernière, se souvient-il, c'était moi qui représentais les scientifiques. À la différence que moi, j'étais dans le premier char…

Oscar grince des dents. John vient de lui souffler habilement que malgré cette mise en lumière, il lui reste inférieur. La hiérarchie jusque dans l'amusement.

Cherry verse l'omelette et le bacon dans une assiette pour John qui la gratifie, une nouvelle fois, d'un hochement de tête. Il semble penser que les mots, entre eux, sont superflus.

Les deux hommes s'attaquent avec la voracité de conquérants à leur petit déjeuner. Ils attrapent de concert leur tasse de café et la portent à leurs lèvres. Cherry frémit. Le somnifère est-il bien neutre et inodore ?

Ils reposent les tasses et continuent leur repas. Elle soupire et récure sa poêle avec vigueur. La conversation tourne maintenant autour de leurs projets. Oscar rapporte à John les avancées de ses dernières expériences sur les singes. Les Russes ont eu la chienne Laïka, les Américains ont Ham, le chimpanzé. Déjà fort d'un premier vol en orbite en janvier dernier, le singe se prépare pour un second. C'est Oscar qui est chargé d'étudier ses constantes vitales pendant le vol. C'est aussi lui qui a conçu les tests logiques auxquels l'hominidé s'est plié durant son orbite.

Oscar travaille également sur des grenouilles, des saïmiris et des rongeurs. Cherry n'a jamais voulu mettre un pied au laboratoire pour voir ces pauvres petites bêtes dans leur cage. Oscar lui a expliqué qu'il s'agissait de « sujets » et non de « petites bêtes ». Mais que peut-il contre la mièvrerie de son épouse ?

La discussion est interrompue par le téléphone. Cherry se sèche les mains à un torchon et va répondre. C'est le gardien du Centre qui appelle. Il doit parler de toute urgence à Oscar.

Le médecin se saisit avec gravité du combiné que sa femme lui tend. Au fil de la conversation, ses sourcils se froncent, sa mâchoire se crispe. Il hoche la tête, bien que son interlocuteur ne puisse le voir. Peut-être est-ce destiné à John qui observe la scène.

Oscar raccroche et se frotte le menton.

– Que se passe-t-il ? demande Cherry.

– Un incident au Centre ? interroge John.

Oscar reste debout. Cherry et John comprennent que le petit déjeuner est terminé.

– Je dois retourner au Centre. Il y a un problème avec la nouvelle drogue que j'ai testée sur le singe.

John donne un vigoureux coup de fourchette dans son omelette. Il est rassuré. Cela ne le concerne pas. Un simple incident avec les animaux de laboratoire. Magnanime, il essaie en général de ne pas montrer à Oscar la futilité de ses expériences en comparaison de son vrai travail, à lui, d'ingénieur aérospatial. Que vaudrait un macaque s'il n'était pas là, lui, pour l'envoyer dans l'espace ?

Cherry, de son côté, saisit immédiatement le danger pour le bon déroulement de la mission.

– Ça ne peut pas attendre la fin du défilé ?

– Il faut que j'aille voir au laboratoire.

– Mais ton char ?

Oscar la regarde comme une petite fille faisant un caprice.

– Je fais un saut rapide et je reviens. Je vais vérifier que tout est normal, j'administrerai un calmant au singe et reviendrai plus tard pour comprendre ce qui s'est passé.

– Mais…

Il l'interrompt d'un geste de la main.

– Sois raisonnable, Cherry. Je sais que tu es très fière de voir ton mari sur un char mais j'ai des responsabilités.

Elle baisse la tête. Pour la récompenser de sa docilité, il dépose une bise sur sa joue. Puis, il se tourne vers John.

– Termine tranquillement ton petit déjeuner. On se retrouve au défilé !

Il quitte la cuisine. Cherry l'entend récupérer sa sacoche, son manteau et son chapeau avant de claquer la porte d'entrée. Le moteur de sa Chevrolet rugit une minute plus tard.

Elle se retrouve seule avec John. Elle n'est pas à l'aise avec cette soudaine proximité. Il finit son bacon en se léchant les doigts.

Et s'il savait pour la mission ? Dina, Peter et elle n'ont peut-être pas été assez prudents. S'il l'attaquait, comment se défendrait-elle ? Dans l'évier, elle attrape un couteau qu'elle n'a pas eu le temps de laver. Il y a un peu de margarine sur le manche et il est glissant.

John se régale et se sert dans le tas de toasts laissés par Oscar. Cherry se dit qu'il ne ressemble pas à un homme dangereux. Elle devrait probablement lâcher ce couteau. Mais peut-elle réellement se fier à son jugement ? Elle qui a partagé le lit d'un criminel nazi pendant toutes ces années…

Tandis que John mange, Cherry se demande ce qu'elle doit faire. Il faudrait téléphoner à Dina pour la prévenir. Deux accrocs, déjà, dans leur plan parfait : elle ne sait pas lequel de John ou Oscar a ingurgité le somnifère et Oscar ne se rend pas au défilé comme prévu.

S'il est retenu au Centre, c'est toute la mission qui s'écroule. Elle cherche une excuse pour renvoyer John chez Mandy, quand il se tourne vers elle :

– Tu dois être tellement fière de ton mari aujourd'hui. C'est un grand honneur pour une épouse de voir son homme sur un char.

Il ne lui a pas adressé un mot depuis son arrivée et voilà qu'il choisit le pire moment pour entamer la discussion ! Cherry n'en peut plus de cette pression. Elle s'autorise à s'asseoir. C'est étrange de partager cette table de petit déjeuner avec John. Elle pense qu'il aurait pu lui poser une question sur le bon déroulement de sa grossesse mais ce genre de chose est laissé aux femmes. Il aurait pu la complimenter sur son teint radieux ou son air épanoui mais il lui parle de son époux. Elle n'est qu'une femme qui fait son devoir : donner un héritier.

Il la regarde. Manifestement, il attend une réponse. Elle se lance alors dans un monologue sur la fierté patriotique qu'elle ressent en ce jour particulier. Une rengaine apprise par cœur par les femmes de scientifiques. Elle termine par son espoir de voir les Soviétiques réduits en poussière quand elle voit la tête de son interlocuteur vaciller.

Les yeux dans le vague, il ne l'écoute plus. Ses paupières sont lourdes. Sans un mot, John s'effondre dans ses œufs brouillés.

36

Plan B

Dina a été réveillée par un mauvais pressentiment qui ne veut pas disparaître. Peter l'a quittée dans la nuit. Sans lui, elle n'arrive plus à dormir.

Elle jette un œil par la fenêtre, un ciel sombre obscurcit maintenant les allées de Rocket District. Le temps qui s'annonçait radieux en ce jour d'Alabama Day est en train de tourner à l'orage comme si, lui aussi, regrettait de s'être réveillé.

Dans les maisons, tous scrutent l'horizon en espérant apercevoir, même au loin, un peu de soleil. Un défilé sous la pluie serait très décevant. Les chars seraient trempés et les décors détruits. Les parapluies empêcheraient d'acclamer correctement les héros de la conquête spatiale.

Tous trompent l'ennui et, ils l'espèrent, la météo en s'activant. On poursuit les préparatifs. Les femmes se coiffent et se maquillent avant de préparer un copieux petit déjeuner à leur mari. Les enfants ont même le droit de regarder *The Mickey Mouse Club* à la télévision en attendant. Les hommes ajustent leur cravate et lissent leur veston.

Chez Dina c'est encore ce sentiment d'oppression. L'impression que les choses vont lui échapper. Un grain de sable dans une machinerie parfaitement huilée. Pourtant, tous les détails de la mission ont été vus et revus. Cherry endormira son époux grâce au somnifère. Peter assommera le conducteur du char puis le bâillonnera. Il conduira le char pendant le défilé et bifurquera juste devant Haysland Square pour emprunter une ruelle. Il parcourra quelques kilomètres pour rejoindre Dina, qui l'attendra dans la camionnette. Ensemble, ils se rendront à l'aérodrome où un avion-cargo leur sera dévolu.

Tout est prêt. Mais Dina sent une ombre planer au-dessus d'elle. Depuis plusieurs années, elle a appris à se fier à son instinct. Il la trompe rarement. Le téléphone sonne comme une sentence. C'est Cherry, sa voix est étouffée dans un mélange de sanglots et d'hystérie.

– Calme-toi et reprends depuis le début, ordonne Dina. Je n'ai rien compris.

Quelques reniflements lui répondent puis :

– John, le mari de Mandy, est venu ce matin. Je ne savais pas quoi faire…

Cherry s'arrête là, comme si tout était expliqué.

– Et ?

– J'avais déjà versé le somnifère dans le café mais quand je suis revenue dans la cuisine, Oscar lui avait préparé une autre tasse. Les deux étaient identiques !

Dina commence à comprendre.

– Tu as alors versé l'autre moitié dans la deuxième tasse ?

– Non !

– Pourquoi ?

– J'avais tout mis dans la première !

– L'intégralité du somnifère ? s'étrangle Dina en imaginant le médecin complètement endormi sur son char.

La réponse de Cherry est un murmure.

– Oui.

Dina repense à son pressentiment. Elle savait que les choses allaient dérailler. Elle se masse les tempes.

– Peut-être qu'Oscar résistera un peu aux effets du somnifère. Tu pourrais lui faire boire un autre café bien serré.

– Il est parti.

– Parti ! Où ?

– Le Centre l'a appelé car il y avait un problème avec un singe. Il a alors décidé de s'y rendre avant le défilé.

Dina s'assied sur l'accoudoir du canapé. Si le médecin n'assiste pas au défilé, c'est toute la mission qui tombe à l'eau. Avec une telle dose de somnifère, il risque même de s'endormir là-bas.

D'autres reniflements au bout du fil.

– Mais ce n'est pas lui qui a bu le somnifère. C'est John ! Il s'est évanoui dans son omelette.

Comme Dina ne répond pas, Cherry enchaîne d'une voix rendue aiguë par la peur :

– Qu'est-ce que je dois faire ?

Dina sait qu'il ne sert à rien de paniquer. Ce n'est pas la première fois qu'une mission ne se passe pas comme prévu. Elle doit retrouver un cap. Il y a toujours un plan B.

– Tu t'occupes de John. Installe-le dans le canapé. Il ne devrait pas se réveiller avant plusieurs heures. Ensuite, tu vas au défilé comme prévu. Donne le change, souris aux autres Bomb Wives, discute de tout et de rien, explique qu'Oscar est retenu mais qu'il arrivera bientôt.

Cherry hoche la tête à l'autre bout du fil. Elle est rassurée que Dina prenne les choses en main.

– Qu'est-ce qu'on fait pour Oscar ?

– Je vais aller le chercher au Centre et trouver un prétexte pour le faire rejoindre le défilé.

– Quel prétexte ?

– Je n'en sais rien ! Je pourrais dire que tu te sens mal.

– Je ne crois pas que cela serait suffisant.

– Je vais dire qu'il y a un problème avec les bébés.

Cherry acquiesce. Son mari ne se déplacerait probablement pas pour elle mais pour ses fils, si. Il est persuadé qu'elle attend des garçons. Des petits scientifiques qui reprendront le flambeau et feront avancer l'Amérique sur le chemin de l'aérospatiale.

– D'accord.

– Je vais prévenir Peter.

La tonalité du téléphone marque la fin de la conversation.

Dina prend une grande inspiration pour se calmer. Le secret de la réussite passe par la méticulosité, elle l'a appris de la manière forte. Elle se laisse glisser dans le canapé. Elle a l'impression que tout lui échappe. Depuis le départ, rien ne va avec cette mission. Le « Chirurgien de Buchenwald » lui file toujours entre les doigts.

Peter et le Bureau comptent sur elle. Elle se sent fatiguée tout d'un coup. Et peut-être même un peu vieille. La proximité avec la mort fait mûrir prématurément.

Elle secoue la tête et se lève précipitamment pour ne pas se laisser envahir par la lassitude. Un soldat ne se pose pas de questions.

Sans prendre la peine de se regarder dans le miroir ou d'attraper un manteau, Dina claque la porte d'entrée derrière elle. Le ciel s'est encore assombri et une goutte de pluie vient s'échouer sur sa joue sans qu'elle y prête vraiment attention.

Elle entre dans son vieux pick-up et démarre, direction le centre spatial.

37

Les becs Bunsen

Dina gare le pick-up à quelques mètres de l'entrée. L'accès au centre spatial n'est pas autorisé aux civils. Elle inspecte le bâtiment de loin. C'est la première fois qu'elle vient. C'est étrange comme le lieu peut être au cœur de la ville sans pour autant que les citoyens y accèdent. Une citadelle imprenable.

L'édifice semble désert, abandonné en ce jour férié. Les lumières sont éteintes. Seule la guérite du gardien est éclairée.

Les nuages s'amoncellent, donnant l'impression que le ciel va s'abattre sur les habitants de Huntsville. Dina s'interroge : s'agit-il d'un aspect prémonitoire ou d'un simple caprice météorologique ?

Elle pense au défilé qui va très probablement être annulé. Dans ce cas, comment poursuivre la mission ? Il faut qu'elle parvienne à amener Oscar sur le lieu d'exfiltration où l'attend Peter. Elle le lui a promis.

Elle s'approche à pied, sans faire de bruit. D'instinct, elle a décidé de ne pas se faire repérer. Interpeller le gardien ne servirait à rien. Au mieux, il passerait un appel au laboratoire pour prévenir le médecin qu'il avait de la visite. Mais Oscar ne se déplacerait pas pour elle.

Et puis, elle compte sur l'élément de surprise. Elle sait que les choses peuvent mal tourner et, dans ce cas, mieux vaut passer incognito. Au fond d'elle, elle a compris que le grain de sable dans la machinerie bien huilée, c'est maintenant.

Dans la guérite, la télévision passe la rediffusion d'un film de Buster Keaton. Dina entend le gardien rire tout en plongeant sa main dans un paquet de chips. Elle profite d'un moment d'inattention pour se faufiler devant la cahute sans être vue. Elle court jusqu'au bâtiment et entre dans un vaste hall.

Il fait sombre à l'intérieur. Une grande plaque de marbre scellée au mur répertorie les différents services. Elle repère le laboratoire.

Il règne un silence absolu qui la terrifie. Étrangement, si le Centre avait grouillé de monde, elle se serait sentie plus rassurée. Ce silence de cathédrale l'angoisse.

Le laboratoire est à l'étage. Elle sent son cœur battre dans sa poitrine à mesure qu'elle monte les marches. La cicatrice brûle dans son dos, lui rappelant que le danger n'est pas loin. De la lumière, au bout du couloir, lui indique la salle où se trouve Oscar. Elle imagine le médecin en train d'analyser des résultats ou de faire une prise de sang à un singe.

Des couinements lui parviennent, ainsi qu'une odeur de paille. Mentalement, elle prépare ce qu'elle va lui dire. Cherry qui aurait fait un malaise et l'attendrait quelque part.

La lumière crue du laboratoire l'oblige à plisser les yeux. Puis, elle voit les cages. Des dizaines, remplies de pauvres bêtes dont l'existence est vouée à l'expérimentation. Elle sursaute en entendant un bruit derrière elle. Un chimpanzé furieux tape contre la grille. Il a le regard fou d'un désespéré qui n'attend que la libération par la mort. Ses battements sont répétitifs et lancinants. Ils imprègnent l'esprit.

Dina a l'impression qu'elle va perdre la tête. Ici, tout est fait pour faire perdre ses repères. Il faut être fou pour s'y plaire.

Oscar est dans la pièce du fond. Il est penché sur des dossiers. À côté, des fioles bouillent sur la flamme bleutée des becs Bunsen. Il paraît totalement absorbé par sa tâche. Même les coups du chimpanzé contre sa cage ne peuvent le déconcentrer.

Sur les murs, quantité de feuilles de papier répertoriant des formules mathématiques. Des posters aussi, montrant des illustrations du corps humain. Un squelette dans un coin semble attendre son tour pour une expérience sordide. Une photo, telle une intruse, vient perturber cette panoplie scientifique. Il ne s'agit pas, comme on pourrait s'y attendre, de l'épouse du maître des lieux, souriant tendrement, le ventre rebondi. C'est une photo de l'équipe du Centre. Toute l'équipe de Wernher von Braun. Les scientifiques nazis qui aident l'Amérique à devenir grande.

Il fait chaud dans ce laboratoire, les becs Bunsen fusent de tous les côtés. Dina essuie son front. Dans son dos, sa cicatrice la lance. Le danger rôde. Pourtant, rien ici ne justifie une prise de risque. Elle pourrait simplement être une voisine inquiète venue prévenir un mari que son épouse enceinte se sent mal. Alors pourquoi ce sentiment d'oppression ?

Le chimpanzé continue sa litanie de battements. À ce rythme, ses paumes seront vite en sang. Les autres animaux couinent lamentablement sur leur destin funeste. Oscar est toujours penché sur ses dossiers.

Dina approche doucement, les martèlements du singe couvrent certainement ses pas. Elle n'est plus qu'à quelques centimètres d'Oscar. Elle pourrait tendre la main et lui toucher l'épaule. Surpris, il se retournerait et lui demanderait ce qu'elle fait là. Dina a déjà élaboré tout le scénario dans sa tête.

Soudain, il se retourne. Mais ce n'est pas de la surprise qu'elle lit dans son regard. Elle est stupéfiée par le sourire qu'il affiche. Un sourire froid.

Il agit avec une rapidité déconcertante. Avant même que Dina n'ait pu dire quoi que ce soit, il lui plante une seringue dans le cou. Elle sent un liquide épais s'infiltrer dans ses veines. Ses membres se paralysent peu à peu. Elle tente de lutter mais ses muscles lâchent les uns après les autres.

Avant de s'effondrer, Dina entend deux choses. Le martèlement du chimpanzé et la voix d'Oscar. Il se penche vers elle juste au moment où ses yeux se ferment.

– Je vous attendais.

38

L'Histoire se souviendra de nous

Lorsque Dina rouvre les yeux, elle ne sait plus où elle se trouve. Il fait chaud, ça sent la peur, l'urine, la paille et les produits chimiques. Un battement lancinant vient lui marteler les tempes. Sa vision se fait plus claire et elle se souvient.

Elle est assise sur une chaise. Elle essaie de se lever mais n'y parvient pas. Ses bras et ses jambes sont ficelés contre les montants du siège. Elle a la gorge sèche et mal à la tête.

– Vous n'êtes pas la seule à avoir des amis bien renseignés, jeune fille.

Oscar se tient derrière elle, l'obligeant à d'extrêmes contorsions pour l'apercevoir. Finalement, il fait quelques pas pour se placer face à elle. La lueur bleu orangé des becs Bunsen qui se reflète sur sa blouse blanche lui confère une aura de prédicateur. Il pointe un doigt accusateur vers elle.

– Je sais tout de vous, Dina Miller, agent du Mossad.

Elle tente de se libérer mais les liens autour de ses poignets ne font que se resserrer.

Comme si les mouvements de la jeune femme valaient confession, le médecin énonce :

– Inutile de nier.

Il fait un grand geste pour embrasser la pièce.

– Nous sommes au-dessus de tout cela, n'est-ce pas ?

Il s'approche tout près d'elle pour lui murmurer à l'oreille :

– Et puis, je vous ai administré un petit quelque chose de ma composition… Une sorte de sérum de vérité.

Dina sent le parfum de son eau de Cologne associé à la puanteur des cages souillées. Un mélange entre brutalité et bestialité. Elle se débat et lui crache au visage.

Il affiche un air déçu tandis qu'il attrape une serviette qui pend à l'un des bureaux pour s'essuyer.

– Je me suis tout de suite méfié de vous. Votre façon de fureter chez moi et de vous immiscer dans la vie de Cherry…

Il rit avec dédain.

– Ah, Cherry, cette pauvre enfant !

Il retrouve son sérieux et une lueur cruelle vient enflammer son regard.

– Tout s'est confirmé le soir où je vous ai trouvée dans mon bureau.

Il caresse le cou de Dina.

– Vous étiez si fragile entre mes doigts.

Puis il se détourne.

– J'ai fait semblant d'accepter la version de cette cruche de Cherry. Mais je me suis renseigné sur vous. Vous ne pensiez tout de même pas qu'un homme avec mon passé n'aurait pas des amis haut placés dans les services du renseignement ?

Dina sait qu'elle ne doit pas répondre aux provocations. Un agent entraîné parvient à se taire et à endurer les pires sévices. Mais elle doit aussi gagner du temps.

– Vous êtes un criminel de guerre !

– Nous y voilà, répond-il en riant. Quelle vision simpliste des choses…

Il approche son visage du sien.

– C'était la guerre ! J'ai fait ce que je devais faire.

– En torturant des innocents ?

Il hausse les épaules.

– Je suis un scientifique, je vais là où la science me mène.

– Et la science vous a conduit dans le camp de Buchenwald…

– Pour toute grande cause, il faut des sacrifices. J'avais besoin de « sujets » pour aller au bout de mes projets.

– Ces « sujets » étaient des femmes et des enfants ! Des êtres humains.

Le médecin secoue la tête, lassé par cette vision étriquée de profane.

– Vous ne vous rendez pas compte des services que j'ai rendus à l'humanité.

Comme pour accentuer cette affirmation, le chimpanzé derrière eux redouble les martèlements dans sa cage. Oscar ne lui accorde aucune attention.

– Grâce à mes recherches, il a été possible de créer un vaccin contre le typhus. Pensez aux milliers de vies que j'ai sauvées !

Dina a envie de vomir. Elle ignore si cela est dû au produit qu'il lui a injecté ou aux paroles qu'il vient de prononcer. Elle se contente de serrer les lèvres tandis qu'il continue son monologue :

– L'Amérique a bénéficié de nos savoirs. C'est grâce aux missiles de Wernher qu'elle ira dans l'espace.

Il vérifie une fiole en train de chauffer. Un liquide à l'odeur de soufre est en train de bouillir.

– De toute façon, si les Américains n'avaient pas décidé de nous aider, les Russes l'auraient fait. Imaginez tout notre savoir entre les mains des Soviétiques ! Vous comprenez maintenant tout le bien que nous avons apporté à ce pays ?

– Pourquoi avoir choisi les États-Unis ?

– Nous méprisions les Français ; les Russes nous terrifiaient ; nous ne pensions pas que les Anglais auraient les moyens de nous payer ; donc tout ce qu'il nous restait, c'étaient les Américains.

– Ah oui, vous êtes un véritable bon Samaritain…

Dina sent ses forces lui revenir. Depuis le début de leur échange, elle frotte discrètement mais énergiquement les liens de ses poignets contre une vis de la chaise. La corde utilisée par Oscar est, heureusement, peu épaisse. Le sang coule le long de ses poignets meurtris et elle espère qu'il ne le remarquera pas.

Elle pense à Peter et Cherry qui attendent de ses nouvelles, au Bureau qui espère un nouveau procès, aux victimes de ce bourreau. Ça l'aide à rester lucide.

Son corps réagit plus vite que son esprit. Le résultat d'années d'entraînement. Enfin, la corde semble donner du mou. Elle peut libérer quelques doigts.

– Je ne suis pas le seul, vous savez, explique Oscar comme si cela pouvait tout excuser. Dans le Maryland, des collègues testent des drogues neurotoxiques sur des soldats qui en ignorent tout. Ces expériences sont organisées sous couvert du département de la Défense et de la CIA.

Le singe frappe de plus en plus fort sur ses barreaux.

– Alors oui, il y a quelques esprits chagrins pour nous sermonner mais l'Histoire se souviendra de nous.

C'est le moment que choisit Dina pour bondir sur ses jambes, malgré ses entraves, et se propulser de tout son poids sur le médecin. Déconcerté, il s'effondre et elle s'écrase sur lui. La chaise en bois rompt sous le choc et permet à Dina de se libérer.

Mais Oscar n'est pas homme à se laisser surprendre longtemps. Il agrippe les jambes de Dina alors qu'elle tente de se relever. Elle chute lourdement sur le sol en faisant tomber tout ce qui se trouvait sur le bureau. Les fioles se brisent et répandent un liquide jaune soufré. Les becs Bunsen brûlent dans le vide.

Les papiers se chiffonnent sur le sol quand Oscar empoigne Dina. S'ensuit une lutte au corps-à-corps. Électrisé, le singe redouble ses coups et pousse des cris. Les autres animaux couinent dans leurs cages.

Dina se débat. Elle cherche quelque chose qui pourrait lui servir à assommer le médecin. Elle attrape le morceau de verre d'un tube à essai brisé. Malgré le tumulte, elle songe à la promesse faite à Peter. Elle n'a pas le droit de tuer le « Chirurgien de Buchenwald ».

Lui, ne s'embarrasse pas de telles idées. Il lui arrache le bout de verre et l'enfonce dans sa cuisse. Dina laisse échapper un cri de douleur. Son pantalon de toile se couvre de sang. Par réflexe, elle appuie sur la plaie pour faire un point de compression.

Il la relève et la plaque contre un bureau. Il enserre son cou. Dina se cabre, griffe, donne des coups de pied dans le vide. Elle suffoque. Ses mains cherchent désespérément quelque chose à agripper. Une bouée de sauvetage au milieu de ce naufrage.

Hannah, David, Esther, Ismaël, Saul… Elle invoque tous les disparus. Elle pense à la petite espionne cachée dans un buffet. *Hannah, David, Esther, Ismaël, Saul… Rachel !* Elle comprend enfin. Elle aussi fait partie des victimes. Elle aussi a disparu ce jour-là. Si elle se bat, c'est également pour la petite fille qu'elle a été.

Sous ses doigts se glisse la forme d'un bec Bunsen. Elle parvient à s'en emparer et dirige la flamme directement sur le visage du médecin. Il crie et recule, les mains contre la joue. Sa peau n'est pas belle à voir, rougie, carbonisée, des cloques commencent déjà à s'y former.

Dans sa fureur, il renverse tout sur son passage : fioles, tubes à essai, documents, et même le squelette. D'un mouvement brusque, il fait basculer plusieurs becs Bunsen qui, en chutant, enflamment les liquides déjà au sol. Le feu se déclare rapidement.

Dina en profite pour s'enfuir. Le temps presse. Déjà une fumée épaisse et odorante envahit le laboratoire. Les couinements des animaux se transforment en suppliques. Le singe cogne furieusement. Elle imagine Oscar derrière elle et veut le ralentir.

Dina décide d'ouvrir toutes les cages. Elle fait sauter un par un tous les verrous et c'est une armée de cobayes qui s'enfuient dans les couloirs. Des rats, des lapins, des saïmiris. Puis elle se dirige vers le chimpanzé. Surpris de la trouver devant ses barreaux, il cesse de frapper. Dina lui ouvre la cage et il file droit vers Oscar. Sur sa route, il déverse sa haine en fracassant tout ce qui lui passe sous le poing. D'autres fioles sont renversées. Le feu se répand.

Une odeur viciée, toxique, emprisonne les poumons de Dina qui peine à respirer. Elle doit sortir. Elle parvient à rejoindre le couloir qui n'a pas encore pris feu. C'est une question de minutes avant que l'incendie ne gagne tout le bâtiment.

Son instinct de survie lui crie de s'échapper. Quelques marches à descendre pour retrouver de l'air pur. Mais elle ne peut pas. Le visage de Peter s'inscrit dans son esprit. Ses yeux déterminés et la promesse qu'elle lui a faite. Elle doit retourner chercher le médecin pour le sortir du brasier.

Elle prend une grande inspiration et retourne dans la fournaise. La fumée est épaisse mais elle parvient à discerner une forme près des cages. Le médecin se serait-il évanoui ? Elle pourrait alors le traîner dans le couloir.

Elle s'approche pour y voir plus clair. Ses yeux piquent, sa cuisse ensanglantée la lance et son cœur bat la chamade. Oscar gît sur le sol. Sur son torse, le chimpanzé est assis et appuie de tout son poids pour l'empêcher de se relever. Autour d'eux, les flammes dévorent le laboratoire.

Le singe lui jette un regard qui hantera longtemps Dina. Elle ignore s'il s'agit d'une interprétation anthropomorphique ou bien d'une réalité, mais elle jurerait y lire de la résignation. Une sorte de fichu pour fichu. Né dans un laboratoire, mort dans un laboratoire. Mourir mais pas seul, avec son tortionnaire.

Dina ne peut plus rien faire. Oscar se réveille et hurle de rage mais le chimpanzé tient bon. Le feu suit la traînée de liquide et lèche déjà leurs pieds. Elle retourne sur ses pas et s'appuie contre les parois pour retrouver son chemin à travers la fumée opaque. Le couloir est maintenant envahi, lui aussi. Avec tout le carburant et le gaz utilisés pour les fusées, le bâtiment est une véritable poudrière. L'explosion est imminente.

Elle boite jusqu'à l'escalier et le dévale dans un état second. Au loin, elle aperçoit la guérite du gardien qui a certainement appelé les pompiers. Elle parcourt plusieurs mètres avant d'oser se retourner. Le médecin est en train de brûler dans son laboratoire et, avec lui, le centre spatial tout entier.

39

Ruby Strong

25 décembre 1961

Cherry soupire tandis qu'elle referme le coffre. La voiture est pleine à craquer. Comment faire rentrer une vie entière dans une simple Chevrolet ? Elle a emporté tout ce qui pourrait lui être utile à l'avenir. Rien de son ancienne vie. Pas même une photo de mariage. Pas de souvenirs.

Elle prend le temps de regarder sa maison qui sera bientôt habitée par un autre couple. Une autre famille, une autre histoire.

Depuis l'explosion du centre spatial, c'est tout Huntsville qui est à l'arrêt. Le cœur de la ville ne battait que pour lui et les habitants se sentent étrangement orphelins. Il faudra plusieurs mois pour le réparer. Pendant ce temps, les scientifiques sont emmenés chaque matin dans des navettes spéciales jusqu'à une autre base où ils peuvent poursuivre leurs précieux travaux. La conquête spatiale ne connaît pas de temps morts.

L'enquête a conclu à un terrible accident. Un chimpanzé se serait enfui et aurait déclenché l'incendie. Les dégâts matériels sont considérables et on déplore la perte d'un grand homme.

L'enterrement d'Oscar Stanford a eu lieu la semaine dernière. Toutes les Bomb Wives étaient réunies autour de Cherry. On fait bloc dans l'adversité. Contrairement à la coutume, la cérémonie a été courte et le cercueil était fermé. Il n'aurait pas été convenable d'offrir aux éplorés la vision d'un corps calciné.

C'est Cherry qui a choisi la photo d'Oscar qui trônait sur le catafalque. Plus jeune et rayonnant, il affichait le sourire triomphant qui l'avait séduite à leurs débuts. C'est ainsi qu'elle souhaite se souvenir du père de ses enfants.

En dépit de ce que tout le monde pense, elle n'est pas triste. Elle ne regrette rien non plus. Elle s'habille en noir car c'est ce qu'on attend d'elle et que, quelque part, elle y accorde encore une certaine importance.

Si elle porte le deuil, ce serait plutôt celui de son ancienne vie. Une existence innocente où elle vivait auprès d'un mari qu'elle pensait admirer et aimer.

Sous son tailleur noir, elle porte un chemisier coloré, comme un symbole de l'espoir nouveau qui l'anime.

La ville tourne au ralenti. Le centre de gravité a changé et les habitants doivent s'y habituer. Le matin, les épouses préparent toujours le petit déjeuner, les enfants jouent dans la rue en attendant le bus scolaire et les maris embarquent dans la navette après un rapide salut. La vie continue à Rocket District.

Les Bomb Wives se retrouvent encore au Avery's Diner et échangent les derniers ragots. L'actualité leur fournit suffisamment de matière. La lutte pour les droits civiques bat son plein. Tyler a sauté de joie quand le gouvernement a voté la fin de la ségrégation dans les transports inter-États. Certaines femmes le soutiennent désormais ouvertement tandis que d'autres, comme Mandy, déplorent le déclin de l'Amérique.

L'intervention militaire au Vietnam s'intensifie et on se demande si cette guerre se terminera un jour. Les relations avec Cuba se détériorent.

On emmène les enfants voir *Les 101 Dalmatiens* au cinéma alors que le film qui défraie la chronique est *West Side Story*.

Avery et Tyler continuent à se chamailler et à se moquer gentiment de ces femmes de scientifiques. Les œufs du chef sont toujours un succès et on apprécie autant son bacon croustillant à déguster sur un air des Platters diffusé par le juke-box.

Le défilé pour l'Alabama Day a été reporté en raison de la météo et des événements tragiques mais il aura bien lieu aujourd'hui. La NASA en a voulu ainsi, on doit montrer qu'on tient bon malgré les secousses.

C'est John qui remplacera Oscar sur le char. « Pour lui rendre hommage », a-t-il dit à Cherry le jour de l'enterrement. Mandy, John-Ross et Suzie l'applaudiront à tout rompre avec le regard fier de la famille américaine parfaite.

Les décors ont été reconstitués à la va-vite. Le Cercle des affaires féminines en a fait sa priorité. La bannière « The Space Capital of the Universe » trônera bien sur le premier char. On célébrera la NASA et le programme Mercury.

Mais tout cela paraît lointain à Cherry qui ne partage plus l'enthousiasme des Bomb Wives à ce sujet. Du carton-pâte, voilà ce à quoi lui fait penser sa vie d'avant. Un décor de théâtre dans lequel elle n'était qu'une figurante. Aujourd'hui, c'est terminé. Elle veut être l'héroïne du film de sa vie.

Ce matin, elle a trouvé sur le pas de sa porte, dissimulés dans le journal quotidien, de nouveaux papiers d'identité. Elle a souri en découvrant ce qui serait à présent ses nom et prénom. Elle s'appellera désormais Ruby Strong. Un dernier pied de nez de Dina, à n'en pas douter.

À partir de maintenant, Cherry ne sera plus un fruit tout rond, elle sera une pierre précieuse. Au fond d'elle, elle sent déjà la transformation. C'est donc un roc qui claque la porte de cette maison pour la dernière fois. Une femme sûre d'elle.

Cherry aurait très bien pu choisir de rester à Rocket District et de garder son nom. Mais elle ne s'imagine pas continuer à vivre dans l'ombre d'un mari disparu. Ici, elle sera toujours la pauvre Cherry, veuve du grand Oscar. Elle préfère être Ruby Strong ailleurs et se bâtir une vie où elle sera maîtresse de son destin.

Elle n'a pas revu Dina depuis le coup de fil paniqué qu'elle lui avait passé le jour du défilé. Sa maison aux volets bleu marine est vide. Personne ne l'a revue. Quand elle a interrogé Avery et Tyler à ce sujet, ils ont répondu qu'ils avaient trouvé un matin l'uniforme orange de Dina dans la boîte aux lettres accompagné d'un simple mot : « Merci », signé « Petite ».

Cherry n'a, bien sûr, aucune nouvelle de Peter. Le couple d'agents semble avoir disparu du jour au lendemain, aussi subrepticement que si les habitants de Huntsville avaient rêvé. Le vieux pick-up de Dina n'est plus garé devant l'allée et les rideaux sont tirés en attendant qu'une autre locataire vienne les ouvrir.

Cherry ne peut qu'imaginer la suite. Sont-ils ensemble quelque part ? Se reposent-ils sur une plage au bout du monde ou bien sont-ils déjà accaparés par une autre mission ?

Il est temps de partir. Elle s'installe derrière le volant et le cuir souple lui donne un agréable sentiment de liberté. Oscar ne la laissait jamais conduire. *C'est une affaire d'homme*, affirmait-il.

Malgré son gros ventre qui touche le volant, Cherry se sent bien à mesure qu'elle traverse Rocket District. Elle regarde pour une dernière fois les maisons décorées aux couleurs de la NASA, ces petits fanions de fusées qui volent au même rythme que les drapeaux américains dressés fièrement sur les façades.

Elle sait, désormais, ce qui se passe dans l'intimité des foyers. La routine matinale. Les non-dits. Les habitudes. C'est d'ailleurs l'heure où les femmes vont à leur boîte aux lettres pour récupérer le courrier. Réglées comme des horloges, elles sortent toutes, parfaitement maquillées et coiffées, vêtues de robes en tulle ou de pantalons en soie. Elles se saluent d'un geste gracieux de la main.

Elles ouvrent quasiment en même temps les boîtes aux lettres en forme de fusée, de satellite ou de missile. Cherry surprend leur air étonné en ouvrant un courrier. Une enveloppe rouge qu'elles s'empressent toutes d'ouvrir. Puis, c'est la consternation qui se lit sur les visages. Les sourcils froncés, la bouche qui se tord en découvrant la missive.

Cherry ralentit pour mieux voir. Chaque femme a reçu un courrier contenant une photo et une lettre.

40

Rocket District peut trembler

Chères Bomb Wives,

Je me suis longtemps demandé si je devais vous écrire cette lettre. Peut-être aurais-je dû me taire. Peut-être serait-il plus facile pour vous d'ignorer la réalité. Je vous imagine, le nez plongé dans cette missive qui perturbe le rituel matinal. Vos toasts seront sans doute en train de brûler…

Je vous côtoie depuis presque un an maintenant et je peux d'ores et déjà prévoir quelques-uns de vos comportements. Certaines liront mes mots jusqu'au bout tandis que d'autres les déchireront en mille morceaux. J'accepte le risque et prends le pari que la curiosité vous poussera à me lire en entier.

L'information est le nerf de la guerre. L'information, c'est le pouvoir. Et c'est exactement ce que je compte vous donner aujourd'hui. Vous détenez entre vos mains le pouvoir de faire trembler vos maris, la NASA, l'institution et, pourquoi pas, l'Amérique entière.

La photographie qui accompagne mon courrier a été prise devant le camp de concentration de Buchenwald.

Sagement alignés comme pour une photo de classe, l'air fier et souriant : vos époux.

Durant la guerre, ils ont tous été des officiers nazis, pour la plupart haut gradés. À leur niveau, ils ont fait rayonner la propagande du Reich et mis en pratique les idées de la « solution finale ».

Ils se présentent comme des scientifiques et des ingénieurs qui ont travaillé sous la contrainte du régime. Ont-ils l'air contraints sur cette photo ? Le brassard à croix gammée qui enserre leur bras donne-t-il l'impression de peser plus lourd que la blouse ?

Regardez-les attentivement. Ne reconnaissez-vous pas leurs sourires ? Les mêmes qu'ils vous offrent le matin avant de partir travailler.

Dans ce camp et dans d'autres, ils ont utilisé des milliers de cobayes humains pour mettre au point leurs expériences. Missiles V2, recherches médicales, travail forcé… Dans d'autres circonstances, ces hommes, ces femmes et ces enfants auraient pu être vous, moi ou vos chers petits.

Avec la complicité du gouvernement américain, ils ont échappé au procès des Médecins à Nuremberg, durant lequel ils auraient dû s'expliquer. Au sortir de la guerre, ils ont pu s'installer aux États-Unis et ont été intégrés à la population. Une femme américaine, des enfants américains et c'est tout un passé qui est effacé. Sans le savoir, vous faites partie de cette mascarade.

Je sais bien que toutes ces informations sont difficiles à croire. C'est d'ailleurs pour cela que j'ai ajouté la photo, je me doute qu'une preuve est nécessaire. Pour que vous reconnaissiez chacun d'entre eux. L'homme qui embrasse vos enfants sur le front, le soir avant le coucher, est le même que celui qui sourit après avoir fait des milliers de victimes.

Les gens changent, me direz-vous. Effectivement, une certaine rédemption est peut-être envisageable. Ils diront qu'ils n'ont fait qu'appliquer des ordres, qu'ils ne sont pas responsables. Mais où commence la responsabilité et où s'arrête l'humanité quand on utilise des cobayes humains pour ses travaux ?

Je n'ai jamais cru en une deuxième chance. Et pourtant, maintenant plus que jamais, j'en espère une. Pour vous, pour moi. Il est possible que certains d'entre eux cherchent aujourd'hui à expier leurs péchés. Peut-être souhaitent-ils réellement se racheter. Encore faut-il savoir si cela est possible.

Il est vrai que les travaux accomplis de nos jours par vos maris ont beaucoup aidé l'Amérique. Sans eux, l'URSS dominerait le monde. Mais un avenir interstellaire, certes brillant, justifie-t-il ce genre de procédé ? La grandeur d'un homme se mesure-t-elle à l'héritage scientifique qu'il laisse ou au bien qu'il a fait ? À vous désormais de répondre à ces questions.

J'imagine Mandy s'agiter et froisser le papier de cette lettre. Grâce à vos époux, l'Amérique est en train de vaincre les Soviétiques dans la conquête spatiale ! Ce n'est pas faux. Sans le savoir acquis durant ces expérimentations dans les camps, l'homme ne serait certainement pas capable de voler en orbite. Et, si nous marchons un jour sur la Lune, ce sera en grande partie grâce à eux. Mais tout cela en valait-il la peine ? L'ego d'un pays doit-il l'emporter sur ses valeurs morales ?

Nous sommes à l'aube de l'année 1962 et nous ignorons ce que l'avenir nous réserve. En revanche, nous connaissons notre passé, c'est la base sur laquelle nous nous appuyons pour avancer, pour évoluer.

Vous êtes bien plus que des épouses. Malheureusement, vous l'avez oublié. Votre vie n'a pas à tourner autour des ragots ou des activités tricot et lecture du Cercle des affaires féminines. Une femme est plus qu'un faire-valoir, une épouse ou une mère. Vous êtes fortes et intelligentes. Votre opinion compte.

Ne soyez pas seule. Ne vous repliez pas sur vous-même après avoir lu cette lettre. Vous disposez toutes des mêmes informations. Durant cette année, j'ai appris que la solitude n'était pas une solution. Je pensais mieux m'en sortir sans attaches, mais la vérité est que l'union permet d'avancer plus vite, plus loin et plus fort. Prenez le temps de digérer tout ce que je viens de vous apprendre et d'en parler car c'est ensemble que vous accomplirez un exploit.

Je suis responsable d'une première explosion. Celle du centre spatial. Vous avez entre les mains les clés pour en créer une deuxième. Avec vous, c'est tout Rocket District qui peut trembler. On vous appelle les Bomb Wives, il est temps de mériter ce surnom.

Vous avez maintenant le choix. Vous pouvez décider de reprendre votre vie comme si de rien n'était, déchirer cette lettre et repartir à la cuisine terminer le petit déjeuner.

Vous pouvez également mettre fin au jeu de rôles que vous jouez sans même en avoir conscience. Agir différemment, influer sur les décisions de vos époux. Vous pouvez devenir des femmes de pouvoir.

Nous ne nous reverrons jamais. Nos chemins ne se croiseront plus autour d'un café au Avery's Diner. Vous êtes totalement libres de choisir. Aucune contrainte ici. Juste votre conscience.

Je ne vous demande rien. Je n'attends rien de vous. Il est possible de vivre avec des œillères. L'innocence de l'ignorance opposée à la responsabilité de la connaissance. Quoi qu'il en soit, un retour à la normale ou non, vous ne pourrez pas dire que vous ne saviez pas. Vous faites partie intégrante de l'opération Paperclip.

Je ferme les yeux et vous imagine devant les frontons de vos maisons. Je n'espère qu'une chose de vous : un éveil.

Dina

Mot de l'auteure

C'est un roman sur la déshumanisation et sur la reconstruction. Dina et Peter sont devenus des machines et, l'un grâce à l'autre, se redécouvrent humains.

Ce sont des survivants. Ils portent le poids de la culpabilité, du souvenir et du devoir. Mais aussi de la haine. Une haine qui s'est infiltrée insidieusement en eux et dont le fiel les empoisonne petit à petit. Ce sentiment est très souvent décrit par les survivants des camps de concentration et admirablement développé dans *Si c'est un homme* de Primo Levi.

Les notions de bien et de mal sont propres à chacun et leurs frontières souvent grises. Peut-on faire du mal au nom du bien ? La vengeance est-elle une juste punition ou une destruction de soi ? L'amour d'un pays, l'idéologie peuvent-ils autoriser à commettre le pire ?

Comme pour mon roman précédent, *Les Mauvaises Épouses*, tous les éléments historiques évoqués sont réels. Certains documents de l'opération *Paperclip* sont accessibles au Pentagone, au département d'État et à la CIA grâce à la loi sur la liberté d'information.

Concernant les expériences menées par les scientifiques nazis sur les prisonniers des camps, il est possible de lire les procès-verbaux des affaires médicales du tribunal de Nuremberg. Malheureusement, et comme évoqué dans le roman, les expérimentations ne se sont pas arrêtées là et se sont poursuivies sur les soldats américains et sur les populations démunies, principalement noires. Les témoignages sont édifiants.

Peter a raison, Wernher von Braun est bien devenu directeur de la NASA. De nombreuses photos d'archives le montrent aux côtés du président Kennedy. Aujourd'hui, à Huntsville, Von Braun est partout. Le gymnase et le club d'astronomie portent son nom. L'empreinte allemande y est toujours aussi présente, qu'il s'agisse de cuisine ou de coutumes. Oktoberfest y est célébrée chaque année. En revanche, son passé nazi a été gommé. Il est même devenu une victime du Reich... La phrase prononcée dans le roman par Oscar provient en réalité de Von Braun : « Nous méprisons les Français ; les Russes nous terrifient ; nous ne pensons pas que les Anglais aient les moyens de nous payer ; donc tout ce qu'il nous reste, ce sont les Américains. » Un cynisme qui fait froid dans le dos.

Pourtant, il faut éviter tout manichéisme. Il est facile de juger et difficile de refaire l'Histoire a posteriori. C'est grâce à Wernher von Braun que les Américains ont marché sur la Lune. Que se serait-il passé si les Russes avaient récupéré ces savoirs en premier ? La guerre froide et la redistribution du monde auraient été bien différentes.

La scène inaugurale de l'histoire se passe en Argentine. La ville de Bariloche est connue pour avoir été une terre d'accueil pour nazis. Sur place, sont même organisés des circuits touristiques sur les traces des plus grands nazis, dont l'« Ange de la mort », Josef Mengele.

Pour tout ce qui concerne le Mossad, je me suis inspirée de témoignages d'agents, notamment sur la formation, l'entraînement et l'organisation en interne. Le chemin emprunté par Dina est celui d'autres agents avant et après elle.

La partie sur la lutte pour les droits civiques est également authentique. Huntsville fut la première ville à pratiquer la déségrégation encouragée par le président Kennedy. Et Martin Luther King y rendit une visite historique en 1962.

Pour des besoins romanesques, j'ai anticipé d'une année la création du Community Service Committee auquel adhère Tyler.

Les dates des lancements de fusées et projets évoqués par les Bomb Wives sont authentiques. Les expériences sur les animaux également. De nombreuses espèces, allant des insectes aux singes en passant par les chats ou les chiens, ont été envoyées dans l'espace. La plupart n'ont pas survécu. Le chimpanzé Ham a vraiment existé et, après un vol suborbital de six minutes, a fini sa vie au zoo.

J'ai écrit *La Double Vie de Dina Miller* en étant enceinte. Durant ma grossesse, j'ai connu de très fortes migraines. Clouée au lit, dans le noir, pendant plusieurs jours, j'ai fini par trouver une échappatoire : penser au roman. Le seul moyen pour m'évader de ma prison de douleur a été de réfléchir à Dina, Peter, Cherry… Lorsque j'échafaudais des plans, construisais des scènes ou écoutais dans ma tête la musique d'un dialogue, j'oubliais que j'avais mal. Parfois on parle de romans écrits dans la douleur, ici ce fut le cas mais ce fut surtout salvateur.

Cette période de ma vie fut à la fois d'une douceur et d'une intensité folles mais aussi d'une difficulté et d'une violence inouïes. J'ai puisé dans cette profondeur des sentiments, dans ces abîmes et ces sommets, dans ces sensations accrues pour créer des personnages complexes et un univers très immersif. Je voulais que le lecteur vive cette lecture comme une expérience visuelle, sonore, olfactive et surtout émotionnelle. J'espère avoir réussi.

Ce roman est une confirmation. Confirmation que j'aime écrire des histoires sur l'Histoire. Sur les secrets bien gardés, sur la manipulation des masses, sur la docilité et sur la rébellion.

Vous avez été nombreux à me suivre avec *Les Mauvaises Épouses* et je vous en remercie sincèrement. L'histoire de ces femmes de scientifiques vivant à quelques kilomètres de la bombe atomique a su vous séduire, j'espère que la traque des nazis infiltrés à la NASA vous passionnera tout autant.

Je souhaite d'ailleurs remercier toutes les personnes qui ont contribué à faire des *Mauvaises Épouses* un succès : les équipes Albin Michel et Livre de Poche, les libraires qui ont soutenu le roman, les blogueurs qui en ont si bien parlé et, bien sûr, les lecteurs. Sans oublier Valérie Expert pour sa gentillesse et son coup de cœur pour Summer et Charlie.

Je suis également très honorée que *Les Mauvaises Épouses* aient été récompensées du prix littéraire Waknine (merci au jury !) et du prix Griffe Noire du roman détente français (merci, Gérard Collard !).

Merci à mon éditrice et amie, Lina Pinto, de voyager sur la Lune avec moi ! J'espère que l'exploration se poursuivra encore plus loin et longtemps.

Merci à Anna Pavlowitch pour nos échanges et votre implication. Merci à Albin Michel de m'accompagner dans ce chemin littéraire.

Merci à Béatrice Duval pour sa confiance dès le départ pour *Les Mauvaises Épouses* et ses fines réflexions à la lecture des aventures de Dina en plein ciel.

Merci à ma mère de m'avoir apporté des poches de glace durant mes jours de migraine et d'être une Madame Mimi en or !

Merci à mon fils pour ce roman écrit à deux mains et quelques coups de pied, le ventre collé contre le clavier.

Merci aux libraires de partir à la conquête spatiale avec moi.

Merci aux lecteurs de me découvrir, me suivre, m'encourager. Par mail, sur les réseaux sociaux, en dédicace ou en salon du livre, nos échanges sont pour moi une vraie source d'énergie.

Kennedy disait : « Nous avons besoin d'hommes qui sachent rêver à des choses inédites. » D'hommes et de femmes. Alors rêvons !

Zoe

DE LA MÊME AUTEURE

LA SOLITUDE DU GILET JAUNE, City, 2017

L'HABIT NE FAIT PAS LE MOINEAU, Fayard, 2019 ; Le Livre de Poche, 2020

LE SYNDROME DE L'HIPPOCAMPE, Fayard, 2020 ; paru sous le titre BONS BAISERS DE COPENHAGUE au Livre de Poche, 2021

PLUS ON EST DE FOUS…, Michel Lafon, 2021 ; Le Livre de Poche, 2022

LES ÉGARÉS, Michel Lafon, 2022

LA FILLE QUI N'AIMAIT PAS NOËL, Michel Lafon, 2022 ; Le Livre de Poche, 2023

LES MAUVAISES ÉPOUSES, Albin Michel, 2023 ; Le Livre de Poche, 2024

Pour contacter l'auteure :
zoebrisby@gmail.com
Sur Facebook et Instagram : @zoebrisby.

Composition : IGS-CP
Impression : Imprimerie Floch, février 2024
Éditions Albin Michel
22, rue Huyghens, 75014 Paris
www.albin-michel.fr
ISBN : 978-2-226-47992-1
N° d'édition 25254/01 – N° d'impression : 104173
Dépôt légal : mars 2024
Imprimé en France